天涯図書館
目次

BIBLIOTHECA FINES

Hiroko Minagawa

この天涯図書館には、皆川博子館長が
蒐集《しゅうしゅう》してきた名作・稀覯本《きこうぼん》が辺境図書館、
彗星図書館に続いて収められている。
貸し出しは不可。
読みたければ、世界をくまなく歩き、
発見されたし。運良く手に入れられたら、
無上の喜びを得られるだろう。

天涯図書館　二代目司書

装画　伊豫田晃一
装幀　柳川貴代

天涯図書館

BIBLIOTHECA FINES

Hiroko Minagawa

051

『方形の円　偽説・都市生成論』ギョルゲ・ササルマン
『穴の町』ショーン・プレスコット

6×6＝36

〈遠くから見ると街は塔型寺院《ジグラート》に似ていた。だが内部構造から判断すると、むしろ何億倍にも拡大したミツバチの巣か、シロアリの巣穴と比較したほうがよい。なぜかと言うと、どっしりした日干し煉瓦《れんが》製の一基の塔とは大違い、ヴァヴィロンは市民全部を住まわせる数万の暗い部屋のあるアーチ状のフロアの重なりだからだ。〉（『方形の円』「ヴァヴィロン　格差市」）

『方形の円』には、作者ギョルゲ・ササルマン自身による「私の幻想都市」という短い文章とフランス語版あとがき、スペイン語版まえがき、本書を英訳したアーシュラ・K・ル＝グインの英語版序文、そうして訳者住谷春也氏の「訳者あとがき」が付され、さらに西島伝法氏の、それ自体が一つのすぐれた作品であるような名解説があり、私が付言することは何もないのです。

本作の特徴を、西島伝法氏はきわめて的確に記しておられます。一節をこの場で引くことを、西島さん、ご海容ください。私がどのように記しても、この部分の変奏にすぎません。

〈『方形の円』の各都市をなす記述は掌編ともいえる量だが、それぞれ短編や長編が書けそうなほどの奇抜なアイデアや思考実験が惜しげもなく詰め込まれ、無数の住人のいる空間の広がりや、ときには数世紀に及ぶ長い歴史が固く圧縮されている。ちょっとつついただけで一気に膨張して、栄枯盛衰の雪崩《なだれ》が起きそうなほどに。それが三十六編もあるのだ。〉

サブタイトルに「偽説・都市生成論」とあるように、三、四ページから長くても七ページぐらいの掌篇は、架空の都市の成り立ちあるいは特性を記し、それら架空都市・幻想都市の多くは、崩壊消失します。凝縮され、はじけ飛ぶ奇想。

冒頭に引いた「ヴァヴィロン」において、記述者は、この語が意味するのは「平等の支配」「自由の支配」「統治の自由」などであろうと推察します。しかし、実際のヴァヴィロン市は、自由・平等ではなく、「支配」と「格差」の実体化です。七層のピラミッド型の街の最も広い最下層は奴隷の居住区で、上に行くほど狭くなると同時に住人の階級があがり、六階は王が住まい、最上階は唯一神の神殿という構造です。ヴァヴィロン市は戦火、崩壊、再建、無人化を繰り返し、果ては平らな荒野となります。

また、異形の都市が住人をある形に歪める趣《おもむき》もあります。

〈完璧に同一の地区からなるその都市には、同一の街路沿いに同一の家屋が並び、その同一の各室に同一の人々がいた。それはあたかも（実はそうではないが）都市が唯一の地区からなり、一本だけの街路に家が一軒だけあり、その一つだけの部屋に一人だけの人がいるかのようだった。〉（「ホモジェニア　等質市」）

画一性の強制は最初混乱をもたらしますが、やがて、性の違いさえ消え、〈都市の全ての住民が身長も相貌も体質も同じになった時、考えの違いもとっくになくなって、はっきり言えば、考えそのものがなくなった。同じ人々が同じ動きをしていた――完璧に同期している機械のように――同じ街々の同じ家々の同じ部屋々々で……。〉

それぞれの掌篇には、市の紋章のような方形のシンボリック・イラストが飾られています。最後のページに、この三十六の方形の紋章が6×6の方形に整然と並べられ、図形として意味を持つことがわかります。

一番左の行を見ると、縦に、三角形、四角形、五角形、六角形、八角形、円形がそれぞれ内接した方形が並びます。そうして横の列を見れば、一番上の段はどれも方形の中の三角形をモチーフにした図形。第二段の四角形、第三段の五角形……という法則を持ちます。

すべての始まりである左端の一番上は、「プロトポリス　原型市」です。この都市は、透明な巨大なドームで周囲の森林ごとすっぽり覆われ、降雨や日照りに影響されることなく、理想的に管理され、人々は健康的に暮らすのですが、やがて原始への退行が始まります。ドームの外に生きる人類は、生態を興味深く観察し、望遠レンズで撮影した映像がＴＶで放映されもします。〈ところで最高の賭け率を記録した予想質問は「プロトポリス人に尾が生えるのはいつか？」〉

方形の最上段、最左端に位置する「プロトポリス」を生成の端緒とするなら、終焉は

6行目、6段目、即ち方形の最下段、最右端に位置する「アルカ　方舟」になります。これまでのスタイルに従えば、シンボリック・イラストは方形内の円をモチーフとするはずなのですが、なんと方形の内部は黒く塗り潰されています。ノアの方舟《アルカ》を名乗る市の紋章は、深淵のような漆黒。そうして本文は……。本文は〈……〉だけです。

作者ギョルゲ・ササルマンは、一九四一年、ルーマニアに生まれました。かつての王国は、第二次大戦後、ソ連の勢力下にある共和国となり、一九六五年政権を握ったチャウシェスク大統領によりいくらか西側と疎通したものの、〈一九七〇年代に入るとまもなくルーマニアの疑似民主化の仮面はどこへやら、毛沢東に倣《なら》った「文化革命」の嵐が吹き始める。〉（住谷春也・訳者あとがき）『方形の円』の諸都市には独裁国家の本質が投影され、その究極の姿がほのめかされているようでもあります。

住谷春也氏の訳者あとがきによれば、本書は〈検閲と出版界の自己規制の壁に阻まれ〉、一九七五年の初版では十篇が削除されたそうです。

ギョルゲという名前は耳慣れないですが、イギリスならジョージです、と本訳書を担当された編集者に教えられました。フランスならジョルジュ、ドイツならゲオルク。ルーマニアではごくありふれた名前なのですね。

圧縮された掌篇がちょっとつかれて膨脹したような長篇が、オーストラリアの新鋭作家ショーン・プレスコットのデビュー作『穴の町』です。

ヨーロッパの長い歴史の変転（その多くは戦争や政変）を経てきたルーマニアと、イギリスの植民地として開拓され一九〇一年に六つの植民地が合体して連邦となったオーストラリアとでは、まったく国情が異なるのですが、〈場の消滅〉が、二作を繋ぐ通路になっていると感じます。

拠って立つ基盤が、信頼のおけないもの、ゆらぐもの、消えるもの、であることを、ルーマニアのギョルゲ・ササルマンもオーストラリアのショーン・プレスコットも敏感にそして深く感じ取っているのではないか。

『穴の町』の訳者北田絵里子氏は、海岸沿いに大都市が点在し、内陸部には果てしない大地が広がるオーストラリアの独特な地勢をあげ、それを〈縮図のようにとらえ、小説の舞台にしたのがこの作品だ。〉とあとがきで指摘しておられます。〈以前はあったはずの町や集落が、地図上に名前だけを残したままいつの間にか消えている――〉。その実例を見て育ったプレスコットは、〈読者を存在と不在のはざまへ誘いこむ物語を書きあげた。〉

この訳者あとがきに誘われて、手に取ったのでした。

確たる原因もなくただ消えてゆく町々について書こうと〈ぼく〉は旅をし、ある町に留まることにします。なんだか無気力な町です。オーストラリアではどの町にもあるスーパーマーケット「ウールワース」で〈ぼく〉は商品陳列の仕事に就きます。ショッピングプラザの中を歩きまわる場面がありますが、どこの町でも同じ企業系列の店が並んでいる様子がうかがえます。「マクドナルド」「ケンタッキーフライドチキン」。それぞれの町の特色というものがほとんどない。日本でもその傾向が進んできたように思います。

突然、〈町に穴が出現した。〉

最初は大騒ぎになるけれど、どれほど大量の土砂を投入しても効果はなく、増え続ける穴に、町議会も町民も見切りをつけます。町は荒《すさ》み、〈日々の生活はけだるく強烈な悲しみを帯びた。〉〈穴〉が何の暗喩か決めつける必要はないけれど、見えない〈穴〉がひそかに増えつつあるような恐ろしさを、私はふと、おぼえるのです。

今日は、昨日と何も変わりはしない。そうだろうか。日常の足元に穴はじわじわ広がってきているのではないだろうか。思いがけないところに新しい穴があいてはいないか。

行きつけの書店では、『方形の円』と『穴の町』がぴったりと隣り合い数冊ずつ平積みになっていました。書店員さんが内容を読み込んでこの配置になさったのだなと、嬉しかった。両書とも、デザイン、装画がたいそう魅力的であることを書き添えます。

051 『方形の円　偽説・都市生成論』ギョルゲ・ササルマン
『穴の町』ショーン・プレスコット

052

『ソロ』
ラーナー・ダスグプタ

本を読みながら、いつも思うのです。その作に惹かれるか否かは、いかに表現されているかによる、と。

独奏と、そして独《ひと》りを意味する言葉をタイトルに持つ本書の、冒頭の一行は、〈夜の死角で、男は不意に目を覚ます。〉です。

安心して未知の作者の文章に身をゆだね、読み進みました。

第一楽章「人生」においては、二十一世紀初頭、ブルガリアの首都ソフィアに住む、貧しい盲目の老人ウルリッヒの日々と彼の追憶が語られます。

ウルリッヒは、二十世紀の百年をほぼ生きてきたのでした。彼の失明は、年老いてからの事故によります。その事故が何故起きたか、には一抹の哀しみがあります。

19

十四世紀末からおよそ五百年にわたってオスマン帝国の支配下にあったブルガリアが独立した王国となるのは、一九〇九年です。

ブルガリアは、WWIでは中央同盟（ドイツ・オーストリア＝ハンガリー・イタリア）の側につき、敗戦。WWⅡではナチス・ドイツと軍事同盟を結び、一九四四年ソ連の侵攻を受け、王国は解体、共和国となり、ソ連のいわゆる衛星国とされ苛酷な監視を受けます。一九八九年、共産党独裁政権が崩壊しますが、資本主義は庶民の生活の安定を保障しない。富も権力も持たない人々は、体制の激変にその都度振り回されます。二〇〇七年にEUに加盟したものの、ブルガリアは最貧国の扱いを受けます。

ウルリッヒが幼かったころは、ソフィアにはまだ東方の影響が残っていました。〈スカーフを頭に巻いた農婦たち〉〈香りのよい煙や絹や痰壺に囲まれて商談をする堂々としたユダヤ人やアルメニア人の商人〉〈モスクの周りのトルコ人商人に絨毯や金を納めるために、オスマン帝国の隅々から列をなしてやってくるラクダ〉そうしてジプシーたち。

しかし、〈オスマン帝国の波が引くと、ソフィアの街はヨーロッパの岸辺に打ち寄せられ〉ます。
ウルリッヒの父親は、羽振りのよい鉄道技師でした。〈ドイツかぶれ〉の父親が一九〇一年に建てた豪邸は、ウィーン様式にのっとったものでした。
内向的なウルリッヒが幼時強烈に惹かれたのは、音楽でした。母親は彼をヴァイオリン工房に連れて行き、子供用の小さいヴァイオリンを買い与えてくれます。教師はいないので、少年はヴァイオリニストの写真を見ながら独学します。最もよい教師は、ときおりやって来るジプシーの群れでした。巧みに楽器を奏でる彼らに、少年は熱心に教えを乞います。しかし、音楽家、芸術家は、犯罪者、麻薬中毒者と同様、人生を棒に振る、と確信している父親は、ヴァイオリンを取り上げ、火中に投じます。楽器が炎に包まれて死んでゆくのを少年はみつめます。〈ニスは下地の木材とは違う燃え方をすることに彼は気づいた——ニスのほうが激しく、白に近い色の炎を上げた。一方で、銅でできた低音の弦は、燃え盛る炎の中で緑の筋のように光った。マホガニー材は完全には燃えず、火が消えた後には黒焦げになった枠が残された。〉
高圧的な父親の下で、幼いウルリッヒは〈何かに執着することには慎重になり、必要とあれば諦めることにしよう〉と決意します。

ＷＷＩの最中《さなか》、父は志願して兵士となり戦場に行きます。ウルリッヒは学校に通い親しい友達ができ、その父親の影響で化学実験に興味を持ちます。

父親不在のせいで、かつては裕福だったウルリッヒと母親の暮らしは貧窮に陥っている。そこに父親が帰ってくるが、片足を失っています。稼ぎ手にはならない。粘土と藁で作られた昔風の小さい家に移り住みます。古い邸宅は売却し、その差額でウルリッヒは化学分野で躍進するベルリンへの留学を実現することができます。

これらのことを、老い果てたウルリッヒは幾度も思い返し、記憶が混沌としていることを認識します。

一枚のタペストリーであるべき過去の記憶は穴だらけです。残った部分でさえ、変質していて正確ではない。

〈新聞に載った出来事を参照してしか自分の人生に日付をつけられないことにウルリッヒは気づく。（略）ひとりの人間の中の時間というのはポリープのように滑らかな触手を広げていて、歴史だけが日付という実用的な溝を刻まれているのだろうと結論する。〉

それは、一世紀には届かないけれど九十年を生きてきた我が身においても、日頃切実に感じていることです。

化学の目覚ましい発展と、それがもたらす悲惨を目の当《まあ》たりにしながら、ウルリッヒは歳を重ねます。鉱毒に汚染された川。下流では死んだ魚が岸に積み重なり悪臭を放つ。そうして当時はソ連の構成国の一つであったウクライナのチェルノブイリで起きた原子力発電所四号機の大爆発。

やがて共産主義の支配は終わり、これからは資本主義だ！　と人々は言う。ウルリッヒには、〈もはや自分が生きているのがどんな世界なのかもわからなかった。〉資本主義は、ウルリッヒには〈犯罪が主義主張に格上げされたようにしか見えなかった。人殺しや泥棒が成功を収めてビジネスマンと自称し、人々にポルノを与えて幸せにしていた。〉

WWⅡは終わっても、ウルリッヒの近隣の国々は戦火の中にあります。ユーゴスラビアは崩壊し、ロシアは独立を阻止するためにチェチェンを破壊し、グルジアでは内戦が勃発し、というふうです。

盲目となり極貧の日々を過ごしながら、彼はやがて視線を内面に向けることで、毎日が充実していると感じるようになります。

〈アインシュタインは死についてこう言った。「私はあらゆるものとこれほど固く結びついているのだから、個がどこで始まりどこで終わるかはどうでもいいことだ」。〉

ウルリッヒが紡ぐ白昼夢の内容が、第二楽章です。

波乱に富んだ物語です。ブルガリアの小さな町。登場人物の一人は、ボリスという名を与えられています。第一楽章「人生」で、ウルリッヒの親しい友人であった人物と同名です。現実のボリスは、ブルガリアがまだ王制であった戦間期、共産主義に共鳴し、煽動罪で逮捕、処刑されていますが、「白昼夢」の中のボリスは、ジプシーたちの奏でる音楽に夢中になり、ヴァイオリン奏者スラヴォと親しくなって合奏を楽しみます。禁止する父親はいません。

〈スラヴォは言った。

「さあ、俺たちの人生の一時間を音楽にしてみようじゃないか」

そしてヴァイオリンを掲げ、六十分間の物事を弾いた。色彩、思考。切っていない爪、楕円形の視野。彼方から現われる時間、求めるもの、音の響き。〉

ボリスも自分の生の一時間を音楽にしようと試みますが、〈彼の音は何ひとつ語らなかった。〉

スラヴォは言います。〈「怒った集団を見ている人間を音楽にしてみよう。俺が群衆のほうをやる。お前は、その怒り狂った全員の目を見つめている人間のほうを弾くんだ」〉

広場に昔から立っていたレーニンの銅像が引き倒され、町を成り立たせていた工場は潰れ、人々は去って行きます。ボリスと彼を育ててくれた祖母は、居残ります。国の体制の激変とその中で生きざるを得ない〈個〉という構図は、白昼夢の中でも同様です。しかしウルリッヒの夢が生み出した若いボリスは、ミュージシャンとして奔放に生きる。

白昼夢の中には、ウルリッヒ自身もいます。年老いて。でも盲目ではない。夢の中で彼は言います。〈「人生は実体験だけじゃない。もっとずっと大きなものなんだ」(略)「人生はある場所である時間に起こる。でもそこから大きくはみ出たものがある。それをしまっておく場所は夢以外にないんじゃないか?」〉

実人生にあっては〈彼が紡いだ物語は一日一日と生きていく支えになってきた。〉そうして作者は記します。〈彼の白昼夢の数々は人生を賭けた一種の試みだったのであり、他のすべてが捨て去られた今も手元にあるのだ。〉

創作の――フィクションの――力を信じる言葉ではないでしょうか。

作者ラーナー・ダスグプタ氏は、父君はインド人、母君はイギリス人で、イギリスで生まれ育ち、現在はインドのデリーに在住。ブルガリアの民族音楽を聴き、ヨーロッパの音楽とあまりに異質なところからこの国に関心を持ったのだそうだと、訳者西田英恵氏があとがきで紹介しておられます。

053

『人の世は夢』
ペドロ・カルデロン・デ・ラ・バルカ

本好きの方の多くがそうであるように、私も、印象に刻まれた本は、いつ頃どのようにして読んだか割合よくおぼえています。小学校の三年のときに読んだルナールの『にんじん』は、本の宝庫であった大学生の叔父の部屋でフランス装の白水社版を畳に腹這いになって読んでいたし、バルザックの『麤皮《あらがわ》』は同じ頃の夏休みに避暑に行った沼津の母の実家で、応接間の本棚にあったのを、大きな安楽椅子にふかぶかと身を沈めて。西條八十の袖珍本『砂金』は、母の持ち物を陽のあたる縁側で……と、その姿を客観的に思い浮かべることもできるほどなのですが、カルデロンの戯曲『人の世は夢』は、いつ読んだのか、どんな体裁《ていさい》の本だったのか、まったくおぼえていない。タイトルさえ不明になっていました。夢の中で読んだような曖昧さでした。王子が塔の一室に幽閉されている。生まれる子が将来父を滅ぼすという予言を受けた王は、嬰児を離れた場所に閉じ込め、一切の関わりを断っていた。しかし、あるとき、不憫になり、眠る王子を王はひそかに王宮に運び込ませる。一夜のみで再び幽閉する。王子は王宮での出来事をすべて夢と思いこまされる。その場面のみが脳裏にあります。

かつて、ホテルに泊まって眠り、目覚めたとき、ある言葉がはっきりと脳裏にあり、帰宅したら同じ文言がＦＡＸで送られてきていて、神秘現象でも起きたかと思ったことがあります。実のところ、眠っているときに電話がかかり、朦朧としながら受話器を取って応対したのですが、目覚めたとき、電話に出た記憶は消え、相手の言葉のみが残っていたのでした。相手は、私の自宅にＦＡＸ、さらにホテルに電話と、二つの手段で連絡してくれたのでした。

幽閉された王子が一日だけ王宮に運ばれ、後で夢の中の出来事とされるという場面と作者の名前だけが脳裏にあるのは、その電話事件と似た感覚でした。隔離幽閉の動機はギリシャ悲劇のオイディプスを思わせ、ジェンダーは違えど「ラプンツェル」が重なり、惹かれていたのでしょう。カルデロンという名前はカリヨンみたいにひびきが綺麗なので、大小の鐘が鳴りわたるイメージとともにおぼえていたのでしょう。ありきたりのタイトルは忘れても。

二〇一二年、国書刊行会の四十周年記念フェアで、『バロック演劇名作集』一九九四年刊（「残部僅少」の貼り札付き）にカルデロンの作が収録されているのを目にし、名にし負う国書さんですから分厚くて重い（そして小声で言うけれど、高い）けれど、即、購入しました。タイトルが「人生は夢」であることが、これで判明しました。初読は、忘れるほどですから遥か昔です。たぶん戦前。子供のころ。その後、岩波文庫でも「人の世は夢」（高橋正武訳）のタイトルで刊行されているのを知りましたが、初版が一九七八年。これも違う。いつから、どうやって、あの場面と作者の名は私の記憶に棲みついたのだろう。

目をとおしたら、記憶がだいぶ間違っていました。間違っているというより、後半がまったく記憶になかった——大臣の国会答弁みたいだ——。国書版は書物の山の陰になり取り出せないので（当図書館は、蔵書の整理がなっちょらんのです）、扱いやすい岩波文庫版をたよりに稿を進めます。国書さんからは二〇一九年『カルデロンの劇芸術聖と俗の諸相』(佐竹謙一)も刊行され、これは新しいので机上にあります。

カルデロンは、シェイクスピアよりやや後年、十七世紀に盛名を馳せた西班牙《イスパニア》の芝居作者です。……と偉そうに書きますが、訳者あとがきで得た知識です。

一六三六年に上演されました。三幕から成ります。

第一幕。一方は険しい山。一方は城の塔。その地階が王子セヒスムンドが幽閉されている獄房です。男装の麗人ロサウラが岩山から平地に下りてくる。ト書きに麗人とは書いてないのですが、これは非美女では話が進まない。

十七世紀の代表的なバロック演劇ですから、ロサウラは、「乗っていた馬に逃げられてしまった」と一言で済む事情を、華麗な科白《せりふ》をつらねて述べ立てます。

〈翼を得たか放れ駒、馬はたけり狂って疾風《はやて》と競い、走り去ってしまいました。炎をあげない稲妻と申しましょうか、翼をもたぬ鳥というか、うろこをつけぬ魚《うお》か、それとも、魂を忘れて野獣となったか、はみをはずして、荒涼の、この岩山の道もない、いずこへ逃げていったのでしょう?〉

ロサウラは第一幕では男装、第二幕では華やかな貴族の女性の衣裳、第三幕では女性の服装ながら男性のように武器を携えた勇ましい姿と、視覚的効果を充分に発揮できる役ですが、主役ではない。

主役は獄の戸口からあらわれ、長々と悲運を嘆く王子セヒスムンドです。鉄鎖に繋がれ、身に纏ったのは獣皮。

どのような罪で自分はこんな仕打ちを受けるのか。〈人間の罪のうちで最大の罪は生まれ出たことにある。生まれたゆえに、神の厳しい罰を受けるものと承知はしている。〉だが、その罪はさしおいて、自分がどういう不埒《ふらち》を働いて懲らしめを受けるのか、と王子は嘆きます。これもバロック演劇に特有の美辞と譬喩《ひゆ》を交えた朗々たる科白です。〈鳥もこの世に生まれた。うるわしい羽を飾って、安らかなねぐらを捨てて、空高く天翔けるのを見れば、翼をつけた花束か、翼が花かと思われる。鳥にない魂がおれにはありながら、鳥ほどの自由も、おれには、なぜないか。〉さらに、けもの、魚の自由をあげ、〈それだけの自由も、おれには、なぜないか〉と嘆く科白は文庫でほぼ二ページにわたります。

シェイクスピアの全戯曲を本邦で初めて翻訳した坪内逍遙は、自身も戯曲を創作しています。その一つ「役《えん》の行者《ぎょうじゃ》」の第二幕に、深山幽谷の、樟《くすのき》の大樹の裂け目に挟まれた形で囚われている獣神が、母を求め叫び喚く場面があります。これも昔読んだので、長い間、カルデロンの第一幕とイメージが重なっていました。

幽閉された理由を、王子自身は知らないけれど、読者は、そうして当時の観客は、父親であるポロニア（ポーランドのことです）国王の六ページにわたる長科白で知らされます。王の甥であるモスコビア（モスクワを中心とした公国です）の若き公子と、これも王の姪にあたる貴族の姫を前に、王は語ります。

〈生まれると死ぬるとは似ておるからな、母親は夢とうつつのなかで、人の形をしたる怪物が母の腹わたを引き裂き、あけに染《そ》みつつ母体を殺し、世にも怖ろしい人間の毒蛇の生まれたのを、たびたび夢にみたのである。〉赤子はその夢のとおりの生まれ方をしたと、王は告げます。〈生まれるとたちまち、その兇暴の性質を示した。というのは、母を殺して、不逞にも言いはなったのが、《おれは人の子だ。まず手はじめに、恩をば仇で返してやった》〉

生まれるや直ぐに「天上天下唯我独尊」と宣《のたも》うた釈尊の裏返しみたいだという突っ込

みはさておき、王は、これまでに究《きわ》めた天文学などの学識と照らし合わせ、わが子がやがて残忍で無慈悲な王となることを確信し幽閉したと語ります。

塔の地下の獄屋に、王子はただひとりではない。老臣クロタルドが王子の養育係兼牢番として仕え、学問を教え、神の教えを説いていています。

王は、王子の資質を見極めようと、一度だけ王位に就かせてみることにします。しかし、王にふさわしからずとわかった場合、すべては夢と思わせるため、薬で昏睡させて王宮に運び込ませます。これが第二幕です。美々しい服を着せられ、真の事情を告げられた王子は怒り猛り、荒れ狂いますが、それは当然だと今の読者なら思うでしょう。温和な人物だって、こんな目に遭わされたら激昂する。しかし王は、王子が残虐な性質《さが》だと認め、ふたたび薬で眠らせます。獣皮をまとった姿で牢獄に目覚めた王子は、すべては夢だったのかと納得します。

私の記憶にあるのはここまでで、なんとも不条理（という言葉は、初読時知らなかった）で哀れな話だと思っていたのですが、第三幕で事態は激変します。王が、甥であるモスコビア公子に王位を継がせると宣したところ、民衆は異国の公子を国王として戴くことを承知しない。正統の継承者を王位にと主張し、血気盛んな者は武器を取り、王子セヒスムンドの前に集い、蹶起《けっき》を促します。

これも夢かも知れない。しかし、夢の中で生き通せば、夢は現実と変わらない。そう思い至った王子は、王に刃向かう軍の先頭に立ちます。男装の麗人とクロタルド、モスコビア公子、貴族の娘らが絡むサイドストーリーは紙数が足りないので筆を省き、父王を膝下に跪《ひざまず》かせた王子は三ページ分の科白を喋り、倫理道徳的に申し分ない態度をとって、何だかお行儀のよい大団円となります。先立つこと数年。イギリスではジョン・フォードの「あわれ彼女は娼婦」が上演されています。ラストシーン。愛した妹を殺し、その心臓を剣の切っ先に掲げ、宴の席にあらわれる兄。反倫理を糾弾する立場を作者がとらなかったため、非難を浴びもしたようですが、繰り返し上演されています。

054

『パヴァーヌ』
キース・ロバーツ

大広間に集った王侯貴族貴婦人令嬢が、二列に並び優雅に歩を運び、裳裾は華やかにひろがり、シャンデリアの蠟燭の灯を照り返す。〈孔雀舞《パヴァーヌ》〉は、十六世紀、エリザベス女王の宮廷においても、流行っていました。

一五八八年、押し寄せたスペインの大艦隊を追い返したエリザベス女王は、一六〇三年に没し、後継のジェイムズはイングランド国教会を引き継ぐ。変遷を経て、やがてアジアに進出。植民地経営で大英帝国は繁栄する、というのが正史です。

『パヴァーヌ』では、エリザベス女王は一五八八年七月に暗殺されます。享年五十四。この不穏な事件により、イングランドの歴史は大きく改変されます。

弾圧されていたカトリック教徒と国教徒のあいだで闘争が生じ、国は分裂する。スペイン国王フェリペ二世は、ここぞとばかり大艦隊を送り、イングランドを蹂躙《じゅうりん》、支配下に置く。カトリックに統一されたイギリスは、ローマ法王の意を受け、周囲のプロテスタント国家を打ち破ります。が、法王の権力下におかれたイギリスは近代の文明の進歩から取り残され、二十世紀半ばになっても、社会構造も風習も中世さながら。そこにわずかな文明も入り混じり、奇妙な——読むものにとっては興味のある——国になっています。法王の圧力に対する不平が高まり、〈反乱の噂が広まった……。〉

と、ここまで書いたのは、二月の末頃です。書き溜めた原稿が数本あるからと気をゆるめ、他の差し迫った仕事をしていたら、そのあいだに現実の世界が大きく変わってしまいました。

今日は、二〇二〇年、元号でいえば令和二年の四月十日です。都知事の会見がありました。

疫病時代は遠い中世のことと思っていました。スペイン風邪は噂に聞く程度、サーズも身近には感じなかったのですが、いまは新型コロナウイルスが蔓延するまっただ中です。この稿が掲載されるのは一ヵ月先ですが、そのころどうなっているのか。

大陸の一都市で罹患者が発生したときから、改変された歴史が始まったようにさえ思えます。初期において賢明な行政がウイルス伝播の道を断ち、優れた医師団の活動によって災禍は局地だけでおさまるべき世界が、エリザベス一世暗殺後のイングランドみたいに改変され、そこで生きなければならなくなりました。

パンデミックを題材とした小説の一つとして特筆すべきは、多くの方が言及しておられるでしょうが、篠田節子『夏の災厄』の予見力です。得体の知れぬウイルスの出現。一見日本脳炎を思わせる症状。愚かしい行政のトップ。法律に縛られながら苦闘する現場の人々。切羽詰まった声は、なかなか上に届かない。一九九五年——四半世紀も前——に刊行されています。

まだ疫病流行の兆しもみえぬとき、老医師が警告します。「まず弱いものから死んでいく。はじめは、子供と年寄り、そのうち働き盛りの男や女」「病院が一杯になって、（傍点筆者）、みんな家で息を引き取る。感染を嫌う家族から追い出された年寄りたちは、路上で死ぬ。（略）ウイルスを叩く薬なんかありゃせんのだ。対症療法か、さもなければあらかじめ免疫をつけておくしかない。たまたまここ七十年ほど、疫病らしい疫病がなかっただけだ」そう遠くない未来に、災いはまた降りかかると老医師は言います。

感染を防ぐためには「蚊に刺されないように」という厚労大臣の発言に、「リアリティがない」という読者の感想がネットにありましたが、これぞ日本の大臣、と今回判明し、行政の有り様に対する作者の明察に感嘆したのでした。この度、新型コロナに関して真っ先に会議にかけられたのが、お肉券、旅行券の発行。ネーミングは〝Go To Eat〟(お前を食べたろか)。外出するなと要請しながら〝Go To Travel〟。記者の質問に対して、(自分が)責任を取ればいいというものではないと応えた総理。利権最優先が明らかになってしまったのですが、もし先んじてこれらを書いた小説があったら、ばかばかしすぎてリアリティがないと評されただろうな。

『夏の災厄』は角川文庫の重版出来で、この稿が掲載される前に大きい話題になっていると思います。為政者に読んでほしい。

同作者が一九九六年に発表された短篇「静かな黄昏の国」は、二〇一一年に起きた原子力発電所事故による核問題を先取りしています。近未来の日本は、自給できるのは核燃料サイクルによって支えられる電力のみ、他国の核廃棄物を引き取り国内に保管することで辛うじて外貨を得る、アジアの最貧国となり果てています。核の廃棄物処理がどれほどの危険を誘発するか。原発事故を引き起こし、その後も種苗法改正などで自給の能力を切り捨てている日本の現状に、作者の予見の力を再度痛感しました。青森県六ヶ所村にある核燃料施設を見学した際、施設の様子や説明に胡散臭いものを感じ、その危機感から本短篇が生まれたということです。現在の状況を冷静に緻密に観察、分析することによって、未知である未来の状態を推察し得るのでしょう。

話が逸れるのは、「イン・ポケット」誌に辺境図書館を開設してこのかた、館長の改まらざる性癖で如何とも為しがたい。軌道を修正しようとしても、コロナの情報が気になって筆が進まず、今日は四月十二日です。首相がのんびりと自室でくつろぐ動画が公表されました。営業自粛で多くの人が日々の生活が成り立たず苦しんでいます。私はtwitterができないので、場違いで時期遅れになりますが、ここで呟きます。あまりにも、と書きかけ、後は伏せ字にします。

一ヵ月前のパリが、今現在——四月中旬——の東京のような状態だったと、ロックダウンされたパリ在住の辻仁成氏が発信しておられます。先に切り抜けた中国が各国にさまざまな援助をしており、災厄が鎮静した後、国の力関係が変わるのではないかと危惧も含めて記されています。

強引に軌道を修正します。

一九六八年。正史では、イギリスがスエズ運河以東の地から軍を撤退させた年です。第二次中東戦争の敗北以後もイギリスはアジアに軍を駐屯させていましたが、軍事費が経済を圧迫することから、マレーシア連邦、シンガポールから撤退し、かつてアジアに広大な植民地を持ち支配していた大英帝国の残影は消滅しました。

改変された二十世紀半ばのイギリス。

そこに住むのは、ノルマン人、サクソン人、原住のケルト人。それらの血が混沌と入り混じっています。さらに「古い人々」と呼ばれる不思議な存在。

言語もさまざまです。支配階級のノルマン・フランス語、聖職界のラテン語、商業取引には近代英語、下層の農民は古めかしい中世英語とケルト語。消えかけて細々と残るゲール語など。〈こうして一つの国をこま切れにし、階級と並んで言語による障壁を作り上げておくほうが〉支配者にとっては好都合なわけです。

わずかに存在する文明の一つが、蒸気機関車です。レールのないヒースの野を誇らしく走る〈レディ・マーガレット〉。ストレンジ父子商会が所有する中で、とりわけすぐれており、父の没後あとを継いだ若いジェシー・ストレンジが愛情を込めて運転する機関車です。ディーゼルもあるのだけれど、法王が石油禁止令を出したため、発達しない。

もう一つの文明は、通信手段です。十八世紀末に考案され、ナポレオン戦争でも活躍した腕木通信が、いまだに用いられています。T字形に組んだ横棒の腕木の両端に短い棒を取り付け、その三本の角度を動かし、符号をあらわします。

さらに、修道士たちが工房で立ち働く石版印刷。

これらにまつわる物語が精密で繊細な絵のように語られます。

ほかに幾つかの挿話が絡み合い、ついに、法王の圧政に対する抵抗の戦いが、中世さながらの様相で起こります。

それぞれの章は、タイトルに相応しく、第一旋律、第二旋律、と記されます。終楽章にいたって、ある「意味」が明かされます。

訳者あとがきに、心惹かれる一節があります。

〈今日の高度管理社会は、『パヴァーヌ』の神学的中世社会とは異質な閉鎖性を発揮し始めている。（略）ハイテクノロジーを基礎とする高度管理社会では、人間関係は痛烈に間接化される。〉

〈プロテスタンティズムの労働倫理の産物である〉現代の高度管理社会をそっくり裏返したのが、『パヴァーヌ』の〈二十世紀半ばまでも引き延ばされた神学的中世社会〉であると感じられます。〈いずれの道を選んでも、私たちは現状を革命的に打破し、別の体制を目指さざるをえない運命なのだ。〉

コロナの蔓延によって、世界の経済活動が停まりかけています。行政の不備に対して、人々が声を上げはじめている。必然的な一種の革命なのでしょうか。それとも、休業状態を支えきれない中小資本、個人資本が大資本に踏みつぶされ、のっぺりした世の中になるのでしょうか。

055

『孤児』
ファン・ホセ・サエール

十六世紀。父を知らず母を知らず港町に育った孤児が、海の向こうの未知の土地に憧れ、見習い水夫としてインディアス探検の船に乗り込む。現地でインディオに襲われ……と筋を取り出すと、サスペンスフルな冒険小説めきますが、本作の指向するところはまったく異なります。

大航海当時、キリスト教徒が現地の本来の住民を如何に残虐に扱ったかは、その時代、その地で実情を目撃した司祭バルトロメ・デ・ラス・カサスが『インディアスの破壊についての簡潔な報告』（染田秀藤氏の訳書が岩波文庫ででています）に列記しています。司祭はこの悲惨な状態の改善を教皇に求めるべく認《したた》めたのですが、何一つ効果はなく、逆に非難を浴びたのでした。

43

一九三七年アルゼンチンに生まれたサエールが『孤児』を刊行したのは、訳者寺尾隆吉氏のあとがきによりますと、一九八三年。十数ヵ国語に訳され、ロングセラーを続けているそうです。

〈航海は三カ月以上も青一色のなかで続いた。〉コールリッジが“Water, water, everywhere”とうたった「老水夫行」の光景そのままです。〈すべてが青一色に溶けるなか、世界の存在を保証できるのは我々だけなのだ。〉〈存在の保証〉は、この作のキーワードの一つであると思います。

〈女性がまったくいない船中、まだ男になりきっていない〉十五歳の少年の〈曖昧な体が〉水夫たちの目を惹き、行為を誘い出します。家庭に帰れば善良な父親であり、港にいればそういった行為を毛嫌いする男たちです。一人の人間に二つの貌《かお》が存在することを示すこのエピソードは、本書前半の核となるインディオの行為の意味を微かに投影させるものだと思います。

隊員たちは上陸します。〈我々など所詮無から生じた儚い蟻の巣、あるいは、水辺に一瞬だけ光った後すぐに消え失せる鬼火にすぎないのだ。〉

高く昇った太陽の下を、隊員たちは歩きます。〈我々の思考能力と未開の大地が次第に同じ一つのものとなって溶け合い（略）〉個の輪郭が曖昧になり、その中で個を明確にするべく模索する。それもまた本作にひそむ動力の一つであるように思います。

不意に飛び来たった矢が、全員を射殺《いころ》します。ただ一人、孤児のみを除いて。インディオたちは死体を彼らの集落に運び、調理し、食するのですが、なぜか孤児には礼儀正しく接し、大切に扱います。

この禁忌をテーマとした小説というと、すぐに思い浮かぶのが、武田泰淳『ひかりごけ』、大岡昇平『野火』、野上弥生子『海神丸』などです。いずれも、極限の飢餓が禁忌を破らせる。別の意味を持つ食人が矢代静一氏の戯曲にありました。今手もとにその本がなくタイトルも憶えておらず、図書館で調べる体力もなく（当図書館長は老齢を口実に怠惰になりました）、うろ覚えなのですが、そうして私は宗教に疎いので確かなことは言えないのですが、無垢な人物が肉体を食い尽くされたことを暗示するラストは、ヨハネ伝福音書第六章の「我《われ》は天《てん》より降《くだ》りし活《い》けるパンなり。人このパンを食《くら》はば永遠《とこしへ》に活《い》くべし。我《わ》が与《あた》ふるパンは我《わ》が肉《にく》なり、世《よ》の生命《いのち》のために之《これ》を与《あた》へん」を変形して投影したように思えます。矢代静一氏はカトリック教徒です。パトリック・ジュースキントの『香水』のラストにも、この福音書の一文を私は想起してしまうのです。グルヌイユは聖人とは正反対の男です。善悪の別を知らないから、人を殺しても罪悪感は微塵もない。それでも——私の誤読かもしれませんが——ヨハネが伝えるキリストの言葉と通底するものがあるように思えます。石川淳の『焼跡のイエス』も、敗戦直後、空爆で焼き尽くされた地に闇市が逞しく設けられた時代、掻っ払いの無頼少年にイエスを重ねています。

ジャック・アタリの『カニバリスムの秩序』は、次のように記します。〈(古代の)不安定な生活条件には恐ろしい死が絶えずつきまとっていた。この未知のものを管理するために、《悪》についての最初の言説、最初の厄除けが登場する。神も、力も、科学もなく、世界の不条理に対する可能な唯一の闘いとしてのカニバリスムの出現。〉

〈人生とは、歳月とともに深まっていく孤独の井戸に他ならない。〉と、孤児は、後に年老いてから、インディオの集落に連れ去られた当時をふり返り、綴ります。家族を持たない〈無から生まれてきたとすら言える〉孤児は、孤独には慣れていたのに、〈少しずつ掘り下げられていくべき井戸の底が突然抜けて〉底なしの孤独の深淵に突き落とされたと感じたのでした。

翌朝、調理飲食が始まり、人々はオルギアの頂点に達します。食欲と性欲が如何なる制御もなく炸裂する場面は、どのようにも煽情的に描けるのですが、文章は静謐であり、思索的です。フリオ・リャマサーレスの『黄色い雨』の筆致を連想しました。

狂乱の果てに重傷を負う者、病む者さえいます。それらの傷、病気、血、膿、火傷などは、

〈全員が分かち合う唯一絶対の存在——といっても、一人ひとり個別に見れば、偶発的に微かな形でしか表出しない何か——が暗黒から送ってくる兆候に他ならない。（略）その絶対的存在が神なのか、仮に神だとすればどんな神なのか、私には見当もつかない。ともかく、それは、一見無関心に見える彼らの生活全体を支配する何かであり（略）遅かれ早かれ必ず立ち現れてくる何かなのだ。〉

部族の者がどれほど荒れ狂おうと、静かに佇んでいるのは、調理人たちです。隊員たちを弓矢で射殺したのも彼らです。

〈部族全体が、少しずつ病気から回復していく病人のようだった。〉

通常の生活に戻ったときの彼らは、つつましく、他人への気遣いは大仰すぎるほどで、清潔をたもち、性行為もけっして人目には触れさせない。冬の間、彼らは窮乏に耐え、わずかな収穫物を分け合い、強者は弱者を守り、過ごします。

〈インディオたちは、喜びも楽しみもない灰色の日々を過ごすうち、ごく自然に少しずつ、自分でもおそらくほとんど意識しないまま、燃え盛る結び目のような年一度きりの饗宴を準備した挙句〉夏ともなると、カヌーの船団が漕ぎ出し、他部族の屍体を積み込んで帰ってくる。調理と飲食のオルギアが始まり、〈大量の重傷者と重病人を出すばかりか、その多くが帰らぬ人となるのだ。〉

　孤児の船は、たまたま、この季節にやってきたために襲撃を受けたのでした。襲撃者は食材を調達するとともに、調理人でもあるのですが、毎年交替します。去年冷静な調理人であった者が今年は切り分けられた肉を貪り泥酔し我を失う、その逆もある、というふうです。

　その都度、一人だけ、孤児の場合と同様、捕虜として扱われる者がいます。数ヵ月後、オルギアのすべてを目に焼き付けた捕虜は、贈り物を添えて元の部族に送り返されるのですが、そういう場所を持たない孤児は、インディオのもとで過ごしつづけます。十年目、この地にやって来た母国の探検隊のもとに、彼は送られます。彼を乗せた船は河口に向かう。船の周囲の水面を埋めて、インディオの死体が漂い流れる。水夫の死体も幾つか。インディオの部族は探検隊に皆殺しにされたのでした。

修道院に預けられ、その後変遷を経て印刷所を経営し落ち着いた暮らしを営むに至る六十年の経緯は、簡潔に淡々と語られます。老いた彼は、インディオと暮らした日々を思い返し、記述することで理解し咀嚼しようとつとめます。〈無の重みを実感しているからこそ、たとえ一時でも、世界から自分の存在を切り離そうとするわけだ。〉一部始終を見届ける捕虜が必要なのは、〈蜃気楼のような世界で束の間の生を得た証しとして、誰かに証人になって欲しい、この世界に生き永らえる誰かに自分のことを語り伝えて欲しい、どうやらそんなことらしいのだ。〉

この稿を記している今は、二〇二〇年、元号でいえば令和二年五月三日です。ゴールデンウイーク明けに解除になるはずだった緊急事態宣言が五月末日まで延長になりました。食料買い出しの代行をしてくれる娘と数分会うだけで、あとは一人でいます。蜃気楼のような世界で束の間の生を得たことを証する他者はいない。コロナの時代を裏返すと、オルギアへの欲望が、噴出の亀裂を狙って滾《たぎ》り立っているのかもしれない。
最後にインディオたちとともに見た月蝕の光景が美しく綴られます。〈進みくる闇の勢いに飲まれて月はどんどん小さくなっている。（略）最後には、光の跡はまったくなくなった。（略）この完全な暗黒こそ本当の色なのだ。〉
〈私は今も、星同士の、そして正確に言えば、星との偶然の出会いについてたどたどしい話をしているだけなのかもしれない。〉

056

『圧力とダイヤモンド』
ビルヒリオ・ピニェーラ

四十度を超える酷暑の昼下がり、宝石の仲買人である〈おれ〉は、カフェに入ろうとしたところ、見知らぬ紳士に話しかけられます。〈「圧力についてのお考えをお聞かせ願えますか?」〉血圧のことかと思ったら、〈「人間の圧力ですよ、つまり、人間同士がかける圧力のことです」〉。

この稿を書いている今日は、二〇二〇年五月二十六日です。昨日、緊急事態宣言が解除されましたが、マスクをつけろ、人と人の間は一メートル以上あけろ、極力接触はするな、と自粛要請は続いています。素顔を晒してのびやかに談笑するのは、よからぬこととみなされる。笑うな。歌うな。勢いが衰えたとはいえ新型コロナウイルスが残存し、予防、治療の医療的手段もまだないとあってはやむを得ないのですが、空襲が激しかった時代をつい思い重ねてしまいます。陽が落ちるのを待たず窓という窓に黒い厚手の暗幕をめぐらし、電灯はすべて消し、弱い蠟燭一本の灯りを頼りに息をひそめていた。カーキ色の国民服にゲートルを巻きカーキ色の戦闘帽をかぶった隣組の組長さんが点検してまわり、一筋でも灯りが洩れていたら譴責《けんせき》された。煙草の火でさえ上空から見分けられ爆撃の対象になるとされていたから仕方ないが、一人一人が周囲の圧力を感じていたと思います。自分自身もまた他に圧力を加える。同調圧力という言葉は当時は使われなかったけれど、その力は強烈に存在しました。

キューバの作家ビルヒリオ・ピニェーラが『圧力とダイヤモンド』を刊行したのは、一九六七年。二〇二〇年現在のパンデミックとも戦時下とも関係ないのですが、当時のキューバは、フィデル・カストロの革命政権が新たな言論弾圧を強めていました。アメリカの傀儡政権を倒し社会主義国家を造り上げたカストロは最初英雄視されましたが、その後の政策は〈「革命」か「反革命」かという恣意的な二分法によってキューバの文化政策を縛り付ける玉条と化したのである。〉(訳者あとがき)。本書に《《英雄的》な騒乱の時代がやってきて、おれは幾度となく、我々が生み出さざるを得ない怪物を前に呆然自失してきた〈今でもすべては怪物的な事態だったと思っている〉〉とあるのは、その抑圧状態を指していると思います。

突然話しかけてきた紳士を、〈「つまるところ、圧力とは人生そのものですからね……」〉といなしたものの、〈おれ〉自身、圧力を意識しています。

〈人間関係の中に不可避的に生じる「圧力」を人々が異様に怖れ、躍起になって回避しようとする珍妙な世界だ。他人と関らずに済む方策として、人々が次々に乗り換えていく様々な流行の進展が物語の筋となるのだが、その内容はピニェーラらしくいかにも人を喰ったものだ。〉（訳者あとがき）

〈おれ〉は思います。〈この世界は（略）堅固な主義主張や山をも移す信仰というものが反故になってしまった世界らしい。これほどまでに人々が（略）存在理由や魂の問題、虚無の恐怖に無関心な時代はかつてなかった。物質的関心については言うまでもない。精神的な領域において無関心がことごとく厳正な良心を破壊してしまったとすれば、物質の領分においてこの無関心はさらに際立っている。〉

〈コミュニケーションが不安定になり過ぎたために、言葉の意味はどんどん薄くなってしまい、今や誰もがお互い会話という深淵に踏み込んでいくのを怖がっているのが見て取れた。〉人々は、会話を避けるために、カードの遊びをしているあいだもガムを嚙むという珍奇な手段をとります。

人々の物への無関心、奇妙な無感動、無気力が、競売の会場において露骨にあらわれます。二百万ドルの値がついても当然な由緒あるダイヤモンドが競売に出された。宝石商がつけた入札価格は十万ドル。ところが、誰ひとり声を発しない。競売は不成立。日を改めて再競売。五万ドルから開始したけれど、やはり、声は上がらない。大富豪ももはや宝石を欲しない。誰も必要としなければ、どれほど高価なダイヤモンドもガラス玉に等しい。ここで私は、今回の自粛要請によって古書店が休店せざるを得なかったことを思い出してしまったのでした。行政からみると、古書は不要不急なのか。吐息。

「縮む」という方法をとる者たちもいる。収縮することで、他人とのコミュニケーションを少なくする。

友人のヘンリー——名家の出なのに父親が自殺し〈毛穴と言う毛穴から凋落が滲み出ている〉——が〈おれ〉に、人工冬眠という手段があることを教えます。〈「(略)日一日と生まれつつあるこの新しい世界では、贅沢品や装飾品は何の価値もなくなるだろう。で、人工冬眠ってのはこうだ。旅行者は氷の塊に入ったまま、空間ではなく時間の中を移動する。自覚することなしに存在するんだ」〉

ダイヤモンド競売の場に《圧力者》がいた、という説もある。

雲隠れする者が増えてくる。何か地球に対する陰謀が始まっている。陰謀を企てたのは地球の人間だ。

〈圧力者——物理的には感知され得ず、精神的に感知される——とやらは、すでに長い鎖となって陰謀へと合流していった一連の異常事態の、新たな環を成していたのだ。〉

得体の知れない陰謀の歩みを〈おれ〉は一つの街を壊滅させる疫病の歩みと同様だと感じます。〈まずは疫病の最初の症例が、新聞の目立たない箇所に現れる。人々は目を留めるが、五分後にはもうそのニュースを忘れている。〉罹患者、死者は急激に増え、人々は苛立つ。〈疫病が街に降り注ぎ、ついに人々に襲いかかる。〉身につまされます。

圧力＝陰謀から逃げるには、人工冬眠か。雲隠れか。

決めるのはそれぞれの人自身だけれど、その決定は実は〈集団的決定の一部だ〉と

〈おれ〉は思います。

《圧力者》という言葉を口にするのも憚られ、人々はアッと言うようになる。〈おれ〉は圧力者の存在を認めたくない。圧力者とは、結局、人々が考え出したものなのだ。

そう思っても〈おれ〉ひとりで他者全体に対抗するのは不可能です。ここで、戦前生まれの私は、ついまた、戦時中の無言の圧力を思い出してしまうのです。先に述べた隣組組長の服装は、当時の民間人男性の制服みたいなものでした。女学生はスカートを禁じられズボン。それも多くが裾口を絞ったもんぺ形。戦後、映画でパリ解放の場面を見たとき、歓喜の声を上げるパリの人々の服装が自由であることに驚いたのです。人々を一つの鋳型に嵌めこむ圧力が、日本では強かった。誰もが、国が決めた一つの考えしか持つことを許されなかった。

本書は、出版されるや、キューバにおいては国内での流通を禁止されました。

二百万ドルの値打ちがありながら、ついに百ドルに下落し、あげくの果ては水洗便所に放り捨てられたダイヤモンドは、汚物と共に下水に流れ去ります。そのダイヤモンドはデルフィという名を持っています。カストロの名前フィデルのアナグラムである、偉大なるカストロを貶めている、というこじつけみたいな難癖をつけられたのでした。作はあきらかに独裁者の圧力を諷してはいるけれど、具体的に指し示せない。それで、枝葉末節をとらえた言い掛かりをつけて断罪したと見られます。

人々はついに、〈ルージュ・メレ〉の二言しか口にしなくなる。そうしてナイロン製の巨大なコンドームみたいな袋に入って身を守るようになる。

同調圧力に一人逆らう〈おれ〉は、ドン・キホーテみたいです。

訳者山辺弦氏のあとがきによれば、作者ピニェーラは、政府による大摘発「三つのPの夜」において、逮捕、拘留、自宅の封鎖を被ることになります。三つのPとは「男色家」(pederasta)、「売春婦」(prostituta)、「ポン引き」(proxenetas)。ピニェーラはカストロの革命理念に反する同性愛者でした。

政府の方針を批判する者は「反革命」とされ、弾圧される。

『圧力とダイヤモンド』の作中には、直接政府を非難する文章はないけれど、独裁者のもとにある人々が、息苦しい圧力の中で生きていることが投影されています。反革命的な作家の烙印を押されたピニェーラは、〈厳しい検閲による出版禁止、さらには国外への出国禁止をも課され〉（訳者あとがき）不遇のうちに没します。死後かなりの年数を経て再評価と再出版がなされ、今はキューバの大作家と認められているそうです。

原書の読めない身にとって、異国の書の邦訳はたいそうありがたいです。訳文によって同じ文章でも印象が異なる。本書の訳文は、原書のニュアンスを的確に伝えておられると感じます。書簡の二人称に「貴殿」を用いている。それによって、重々しく且ついささかの可笑しみもある状態が伝わってきます。

057

『襲撃』

レイナルド・アレナス

凄まじい――小気味よいほどの――罵詈雑言と呪詛の連続によって綴られるのは、母親に対する〈俺〉の殺意です。

〈最後に母を見たのは、国家材木大連合の裏手だった。あの女は屈み込んで棒切れを拾い集めていた。（略）あのあばずれ、ケツ穴の目で俺を見てたんだろう、ぶち殺してやる寸前に怯えた顔で振り返りやがった、（略）あの女はたきぎの束を鉤爪と化した手の片方に抱えて、もう一方の鉤爪の手でそれを俺に投げ始めた。（略）俺の喉に奴の牙が突き刺さった。〉

〈俺〉は逃げ去ります。

〈独裁者「超厳帥」を唯一無二の頂点とする絶対的な独裁国家〉（訳者あとがき）にお

いて、国民はもはや、「人間」ではなくなっています。彼らの手の爪はすべて獣《けだもの》じみた鉤爪と化している。「非」人間の具象化です。

何故、〈俺〉は母を抹殺せねばならないのか。

〈家に着くと自分の姿を確かめた。ひどい嚙み傷だった。だが俺が見ていたのはそこではなく、あの女の、母親の顔と同じ、ほとんど同じ俺の顔だった。（略）俺はあいつだ、俺はあの女なんだ、すぐにあいつを殺さなければすっかり同じになっちまう、〉〈生かしておけば俺は飲み込まれちまう、〉

〈俺〉が〈俺〉であるためには、あいつを殺すほかはない。

〈俺があの女になっちまったら、どうやってあの女を殺せるってんだ？〉

この異様な独裁国家にあって、もっとも厳しく禁じられているのは「囁き」です。あの女は一度当局に逮捕されたが、何の刑も受けずどこかに消えた。噂によれば、あの女は囁き取締局の局員らしい。ならば、生き延びるためには自分が囁き取締員になることだ。そう気づいた〈俺〉は一週間足らずで〈百人以上の囁き犯を告発し捕まえ〉処刑執行も志願し、正式な局員になります。取締員という存在は、かつての日本の憲兵を彷彿とさせます。憲兵の実態がどのようであったか、その時代に生きながら、子供だったためもあり直接は知らず、戦後発表された映画や体験を基にした小説などで知識を得ただけなのですが。

〈俺がまず第一にすべきことは、俺以外の誰かが母を亡き者にする事態を避けることだ。〉

数々の成果を上げた優秀な局員として、〈俺〉は行動の自由を得ます。母が始末される危険性がもっとも高い場所、総合社会復帰収容所や愛国刑務所、あるいは発言撤回ホールに〈俺〉は赴《おもむ》くことにします。なんとも逆説的な「母をたずねて三千里」です。

一般の国民は、行動はおろか、思考する自由さえ奪われている。労働者たちは朝、バスを作って出勤します。彼ら自身がバスになるのです。肘と肘を絡め、一塊になって出発する。泥濘地であろうと、遮二無二進む（ああ、兵隊の行進みたいだ）。目的地に着くと、〈バスを降りているかのように振る舞う。〉本物のバスがどういうものか、年少者は知らない。バスに乗る、降りるとは、こういうことだと思っている。本物を知る者もいるけれど、彼らは記憶を呼び起こそうとはしない。記憶というものがあることさえ忘れている。
独裁者「超厳帥」〈超絶厳帥とも呼ばれる〉が訓示しているからです。〈記憶は堕落であり罰されるべきである。最高刑に該当する。〉
「降りる」動作のみが、形式として行われている。またも戦時中の暮らしを思い出してしまいます。小学校の朝礼で、校長先生が訓話の最中、突如、「気をつけ！」と宣います。生徒は踵をきちっとつけ、背をしゃんとのばす。「天皇陛下は」と重々しく校長は口にする。「天皇陛下」という言葉を発するときは、その姿勢を取らねばならないのでした。で、子供たちはどう対処したか。まだ太平洋戦争は始まらず、長閑な小学校三年の夏休み、避暑に行ったとき、地元の子が教育勅語での遊びを教えてくれました。「朕惟フニ我カ皇祖皇宗國ヲ肇ムルコト宏遠ニ」と厳かに始まるのですが、「チンガ（で自分を指す）モウデ（相手を指す）ワガ（両手をあげる）コソコソ（相手の腋の下をくすぐる）」先にくすぐったほうが勝ちです。東京では、私の知る限りではやらなかった。その土地だけの遊びだったのかも知れません。
また、脱線した。さらに脱線します。マスクをつけるのが下着を着けるのと同じくらい当たり前になった未来。鼻や口を剝き出しにして人前に出るなんて、はしたない。破廉恥だ！

マスク着用の真因はとっくに忘れられ、マナーになっている。食事用マスクは鳥の嘴のように開閉できる合成樹脂製で、料理はそのマスク着用でも食べやすいものに限られ、飲み物はストローで。もしかしたら透明アクリル製ドームで上半身を覆うところまでいっているかな（『圧力とダイヤモンド』の影響が抜けない）。生殖は体外受精、人工子宮の中で育成する。これも、コロナの脅威の失せた未来では、理由がいつのまにかすり替わり、生身の肌を触れあうのは野蛮で不潔な行為だからとなっている（ＳＦに既存だろうな）。

元に戻します。

労働者の中に母はいなかった。

ナチのヒトラー崇敬の作法は、独裁国を扱った風刺小説の定番となったみたいで、本作でも、〈俺〉と面談する囁き取締局の副長官は、会話の冒頭に必ず、〈超絶厳帥万歳！〉と唱えます。

『天路歴程』の逆の旅である母探しの途次において、独裁国の様相が読者に提示されます。

「私」という言葉を使った者は個人主義犯罪者として愛国刑務所にぶち込まれます。独房に入れられている女の罪状は、《私寒い》と言ったことです。戦時下日本のモットーは「滅私奉公」でした。個人主義は悪と、小学生のころ叩き込まれたっけ。

その女も母ではなかった。

都市はどこも、〈十ブロックごとに、いつもの鉤爪勉知《ベンチ》と移動式独房を備えた皇苑《コウエン》がある。〉

原文にはおそらく、複合的な意味を持たせた独特の造語が用いられているのではないかと思います。救恵時間《キユウケイ》、良留《ヨル》、強同体《きようどうたい》などの訳語もあります。翻訳の困難と工夫のほどが偲ばれ、その成果に讃嘆します。

造語や洒落や地口などを原文のニュアンスを損なわず他国の言葉に変えるのは、どれほど難しいか。その国の歴史や世情を知らなければ伝わらない文章や単語もありましょう。文法どおりに直訳したために、日本語としては生硬で読み辛い文章になったりもします。

山辺弦氏の訳書は、原文の苦さ、鋭さ、諧謔みなどが、快いリズムを持って伝わってきます。ちなみに、前回の『圧力とダイヤモンド』も、山辺弦氏の訳になります。

『襲撃』の作者レイナルド・アレナスは、『圧力……』の作者ビルヒリオ・ピニェーラと同じく、やがてカストロ革命政権下となるキューバに生まれ育ちました。生年はピニェーラは一九一二年、アレナスは一九四三年で、父と子ほどの年齢の開きがありますが、訳者あとがきによれば、アレナスはピニェーラと同じく反体制的な作家であり同性愛者であり、先輩であるピニェーラを深く敬愛していました。苛酷な言論弾圧を受け沈黙を強いられたピニェーラが没した後、同様の弾圧を受けアメリカ合衆国に亡命したアレナスは、〈キューバ国内で出版の叶わなかった諸作品を含め旺盛な執筆・出版活動を開始〉（訳者あとがき）します。

極度に醜い存在として書かれる「母」への〈俺〉の凶暴な憎悪、憤怒は、母国の冷酷な圧政に対する感情が炸裂しているかのようです。

『襲撃』は五十二の章に分かれ、それぞれに章タイトルが冠されています。それらは先行する文学作品、歴史書、新聞記事、あるいは彼の自作の章タイトルから借用したものだそうです。楽しいのは、タイトルが、章の内容とはまるで関係ないことです。前記したバス作りの章のタイトルは「イギリスの大学者、パンタグリュエルに論争を挑もうとするも、パニュルジュに負かされてしまう」です。「グスマン・デ・アルファラーチェが、フィレンツェで死んだ物乞いとの間に起きた出来事を語る」というタイトルを持った章の中身は、〈退化したけだものとは言い得て妙だ。野生のけだものはこんなにひいこら働いたりしないからな。〉という皮肉のこもった一行だけです。

最終章のみ、小説のタイトルと同じ章題が用いられ、予想もできなかった反転を見せます。

以下、すべて訳者あとがきによりますが、『襲撃』は、五部作「ペンタゴニア」の最終巻として構想されました。第四巻『夏の色』は最終巻より脱稿が遅れます。エイズにおかされ、精神的鬱屈に耐えながら作品を書き続けるアレナスは、ピニェーラの写真に向かって祈ります。

〈「ぼくの頼みを聞いてくれ、作品を仕上げるのにあと三年生きてなきゃならないん

66

だ、これはほぼすべての人類に対するぼくの復讐なんだ。」〉

五部作と自伝を書き上げ、アレナスは自死します。享年四十七。

058 「工事現場」マルグリット・デュラス

「イン・ポケット」誌に『辺境図書館』を開設したきっかけは、担当編集者戸井武史さん（現「群像」編集長）の発案によるものでした。その事情はシーズンIで書きましたが、未読の方が多かろうと思うので、再度、簡略に記します。「小説現代」誌に連載を始めることになったとき、タイトルを『クロコダイル路地』としました。マンディアルグの「ポムレー路地」が発想のもとでした。初めてマンディアルグに接した戸井さんはたいそう興味を持たれ、「こういう未知との遭遇を若い読者が楽しめるように、これまで読んできた本を中心に、気ままなエッセイを」とオーダーしてくださいました。それで有名な作家、作品には触れず、忘れられがちな古い作、夥しい出版物の中に埋もれがちな作を、なるべく選ぶようにしました。『辺境図書館』と命名してくださったのも戸井さんです。評論、書評ではなく、作品、作者の紹介に、私の追憶なども交えた雑文です。私の感想や解釈を押しつけることのないよう、読者が作品の文章に直に触れてくださるよう、引用を多用しています。前にも書きましたが、映画の予告編みたいなもの、でもあります。

マルグリット・デュラスは日本の読者に親しまれ、広く読まれており、「辺境」のコンセプトからは外れるのですが、「工事現場」は初読時の印象がたいそう強く残っているので、敢えて取り上げました。

〈ホテルの庭の鉄柵と工事現場との中ほどの、小道に置いた寝椅子に寝そべってい〉た男は、その娘が小道を抜けて森の奥に入っていくのを見ます。同じホテルに滞在している娘です。つい先ほど、彼女は森から出てきて彼の前を通り過ぎた。そのままホテルに入るのかと思ったら、再び、踵を返し森に行く。

〈ホテルへむかうときも、森へむかうときも、おなじような急ぎ足で歩き、まるで得体のしれないなにかのちからが、森とホテルの鉄柵との間で彼女を檻に入れでもしたかのようで、いっさいわき目をふらず、男にも一瞥すら投げなかった。〉

夕食の時間になっても、娘は森から出てこない。

〈森が彼女の思い出まで吸いこんでしまったとでもいうように〉

いったい、森の中に何があるのか。何が彼女を引き留めているのか。男は立ち去れなくなります。

〈彼女はそれほど美人ではなかった。こんな異様な行動さえなかったら（略）それさえなかったら、彼女には、人目を引くようなところはどこにもなかったのである。〉

男の惹かれようもまた、異常ではないか。

〈あんまりつよくそのことを考えたので、彼は立ちあがって、彼女が立ち去った方角にむかって何歩か歩きだした。〉

工事場に近づいたところで、彼女が森から出てくるのを目にします。小道を進んできた彼女は、工事場のそばで立ち止まる。男と彼女は工事場の両端に位置します。男の存在に彼女は気づかず、ひたすら工事場をみつめる。彼は〈生涯のもっとも秘められた瞬間にいる彼女を不意打ちしているのだと悟り〉ます。

〈彼女がまだ、彼に気がつかないということ、彼女がこの盗み見る男、このひそかに凌辱する男のいることをまったく知らないでいるということが、当然のことながら、男に自分の姿を見せたいという欲求を抱かせた。〉

彼女が魅入られているのは工事場であることを、男は知ります。

このとき初めて、工事場の存在を彼女は知ったのでした。強く惹かれながら、〈「ぞっとしますわ」〉と言い、ホテルを引き払うとまで言います。

何の工事をしているのか、本文中には一切明言されていないのですが、会話や描写の端々から不気味な雰囲気が感じられ、訳者平岡篤頼氏の解説により、墓地を拡張中であることを知りました。

湖畔に立つホテルの日々は、決まり切ったことの繰り返しです。決まった時間の食事。昨日も今日も明日も変わらない。停滞しているようであるけれど、その中で人の生は、直線的に、生誕から死に向かって動いている。

〈新しい外塀の建設が進んでいたが、それでもまだ、工事現場の内部はよく見えた。その一部分はあきらかに、前から使用されている部分だった。〉明示されていないものの、前から使用されている場所は、即ち古い墓地です、石の墓標が並び、その下には屍骸をおさめた柩が埋められている。肉は次第に腐敗して崩れ、骨が露わになる。生者の時と並んで、死者の時が進んでいる。

直線的な時の流れに対して、墓地の工事現場は平面的に領域を拡張していく。死が生に侵入してくる。

つらさに耐えかねて、彼女はホテルを引き払うだろうか。〈この心配はまた、ある意味では、ひとつの期待であったかもしれない。工事場が近くにあるというそれだけの理由でホテルを出るほど、彼女が偏屈さをつらぬいたと知っても、彼は不快な感じをもたなかったにちがいない。〉彼の期待に背き、彼女はホテルに留まります。工事場――常に、拡張しつつある墓地――が〈近くにあるという考えを克服するのに成功したということにちがいない。〉〈べつになんでもなかったのだ。だれしもに見られるありふれたことだ。〉

〈彼女と知り合いになりたいという彼の欲求は、一日ごと、半日ごとにつよまっていった。〉

工事場の真正面におかれた寝椅子に寝そべって、彼は待ちます。〈いったんはじめられた筋書きが、それがはじまったおなじ背景のなかで展開されるのを〉期待するかのように。

食堂で滞在者たちが食事をとるとき、彼は少し離れたテーブルで、彼女を見つめます。〈彼女がほかの男性の客を見つめると、男は喜んだ。それらの連中のだれひとりとして、彼女と完全にしっくりする者はいないということを、知っていたからである。〉

完全に男の視点、男の内面の言葉だけで、二人の時間は進みます。

外から見たら、何も起きてはいない。

男の目に映る彼女の容姿は、大柄、黒い髪、澄んだ目、〈歩き方はいくぶん重おもしく、頑丈なからだ、あるいは、いくぶん鈍重とさえいえそうなからだつきだった。〉

工事は進捗中です。

〈新しい外塀の建設が進んでいたが、それでもまだ、工事現場の内部はよく見えた。その一部分はあきらかに、前から使用されている部分だった。〉

〈彼はこの工事場に、彼女との出会い以外、もはやなんの意味も見いだせなくなっていた。それはなによりもまず、彼女を動揺させた工事場なのだった。〉

やがて、少しずつ二人は話を交わすようになり、石塀をつくる工事が完了した日、彼が望む終決を迎える、その一歩手前で、「工事現場」は終わります。

ラストのパラグラフの強烈な力は、段落の全文章を引かなくては伝達不可能です。

本作を含むデュラスの短篇集『木立ちの中の日々』が白水社から刊行されたのは、一九六七年でした。半世紀以上前です。その間に、私の記憶は完全に反転していたことを、再読して知りました。

「工事現場」は、一貫して男の視点で記されている。それなのに、私の記憶の中の話は、娘の視点に逆転していました。

男の執拗な視線に娘は気づく。逃れようとしながら、どうにも逃れられない。反撥しながら、無視できない。

最後、男が待ち受けていると承知しながら、葦の茂みに分け入っていく。小説はそこで終わるが、暗示しているのは、男の大きい手が娘を絞め殺すことだ。娘もそれに気づいている。気づきながら、背丈ほどもある葦の中に立つ男のもとに行く。

再読して、娘の立場から書いた部分はないと知りました。しかし、落ち合う地点をその沼地に定めたのは、やはり娘なのでした。娘が踏みしだいた跡の残る葦の中を男は進みます。〈葦の原っぱを出たところで、彼は、彼女が入り江の向こう側に立って、自分のほうへすすんでくる彼を見つめている姿を見た。〉

ラストの文章です。

初読の時も、この後に続くのは殺戮、と感じたのでした。肉欲を充たすだけで終わるはずがない。

死の工事現場は完工した。

死の勝利を、私は予感せずにはいられなかったのでした。

059 『砂漠が街に入りこんだ日』グカ・ハン

書店で、タイトルと装画に惹かれ、私は手にしたのでした。そうして、いとおしい一冊になりました。

この本について私が何か記すのは、織り上がったばかりの柔らかい繊細な生地に、不用意な染みをつけてしまうことになるのではないか。そんな危惧を持つのです。

私の紹介文は抜きにして、本書をじかに読んでください。誰の手も触れていない生地を、そっと抱いてください。

と願うのですが、それでは図書館館長の役目が果たせない。当図書館では、とうに絶版になって入手困難なものなどを多く取り上げています。そういう書物については、抽象的なことを述べる前に、まず内容を知っていただかなくては、と、引用を多用しあらすじを述べるようにしています。しかし、本作は八月八日に刊行されたばかりで（この稿を書いているのは八月二十一日です）、店頭に並んでいます。何ヵ月か先に拙稿が掲載されるまでには、書評も多く出て、愛読されているかも知れません。そうであれば、作者あとがきと訳者あとがきで本書の特徴は充分に言及されていますから、本稿は必要ないのですが。

〈砂漠がどうやって街に入りこんだのか誰も知らない。とにかく、以前その街は砂漠ではなかった。〉

八つの短篇からなる本作の、最初におかれた一篇「ルオエス」の冒頭です。

作者は、訳者あとがきによれば、一九八七年韓国に生まれ、ソウルで造形芸術を学び、二〇一四年、二十六歳で渡仏、パリ第八大学の修士課程で文芸創作を学び、在学中にフランス語で執筆したのが本書だそうです。二〇二〇年一月にフランスで刊行されました。デビュー作です。

母国語とは異なる言語で書かれた小説といえば、『悪童日記』『異端の鳥』がありま す。一九三五年生まれのアゴタ・クリストフは、一九五六年、母国ハンガリーの動乱によって難民としてオーストリアに脱出、さらにスイスに移住し、フランス語で著述します。一九三三年に生まれたコジンスキーの母国ポーランドは、第二次大戦後ソ連の衛星国となり、共産主義体制を拒否するコジンスキーは、アメリカに逃亡し、英語を身につけます。

本書の作者は、なぜ、母国語ではない言葉で執筆したのか。他国の言語を用いざるを得なかった前記二人と異なり、作者は強い意志と意図を持って、困難な執筆法を選び取ったのでした。

あとがきに、作者は記しています。〈慣れ親しんだ母国語は執筆するのに十分な条件ではなく、むしろ障害である。ある意味、この韓国語という言語のせいで、私の想像力は阻害され、息が詰まってしまう。外国語で執筆することでようやく、私は物語を個人的な体験から切り離して構築することができる。〉

訳者あとがきによれば、作者は〈韓国語で書こうとするとき、目の前にあまりに広大な可能性が広がっていて、まるで迷子になってしまったかのような感覚に陥る〉と、ラジオ番組で発言されているそうです。

砂漠が入りこんだ街ルオエス（LUOES）は、ソウル（SEOUL）の逆綴りになっています。

〈次第に息苦しさが増していく。もう何時間も新鮮な空気を吸い込んでいなかった。でも、出口はどこなのだろう？〉

不穏な夢から覚めたとき、まだ悪夢の中、というような読後感を、この短篇は読む者に与えます。

「ルオエス」も他の作も、〈私〉の一人称で記されています。「真珠」という一篇のみが、二人称〈あなた〉を主語に用いています。

〈私〉たち、〈あなた〉は、それぞれ別の存在ではあるのですが、共通する特性があります。作者あとがきから引けば、〈この作品集の登場人物は誰もがみな移動している。（略）彼らは現実の世界と夢や幻想の世界を、生と死の間を行き来する。〉

さらなる共通点を、私は感じます。まだ十代だったころに読んで、心に残り続けている詩があります。正確な言葉は忘れてしまい、内容をおぼえているだけなのですが、「その椅子は、私の椅子じゃない。周りの者は皆、指さして、これがお前の椅子だと言うけれど、それは私の椅子ではない」という意味でした。

『砂漠が街に入りこんだ日』の〈私〉たちも〈あなた〉も、それぞれ、居心地の悪さ、不快さを感じている。彼らは移動する。心地よい〈私の椅子〉は、どこにもない。

現実を写実的に叙するのではなく、幻夢の詞で語られるゆえに、事象は逆に普遍的、本質的な相を見せる、と私には思えます。

八篇の中の一つ「聴覚」に焦点をあててみます（読者の楽しみを一つ奪うことになりますが）。

〈胎児の五感の中で最も鋭いのは聴覚らしい。母親の循環器系や消化器系が立てる音が聞こえているのだという。〉

つづく〈胎児に選択の余地はない。〉というフレーズは、心に響きます。――大人になっても、選択肢は、周囲の力によって制限されますが――。母親の声も外界の雑音も、〈羊水を通じてごちゃまぜのまま押し寄せる。〉母親の心臓と胎児自身の心臓、二つのリズムが体内にはあるけれど、生まれ出ると、心臓の音はただ一つになります。

〈母と私は小さなアパートで暮らしていた。〉仕事に出ている母親は、帰宅するや、居間のテレビをつけます。さらに、自室の小さいテレビと、キッチンとトイレにおかれたラジオもつける。居間のテレビの大衆向け番組、母の部屋のニュース、キッチンではバロック音楽、トイレではヘビーメタル、雑音と混じり合って鳴り響くそれらの音は、〈いわば母と私を分かつ仕切りだった。〉

母親から幾許かの小遣いをもらえるようになったとき、〈私〉は騒音への対抗手段を思いつきます。〈列に並んでいるあいだ、胸がどきどきし、手が汗ばんだ。理由はわからないが、レジでイヤホンを買うのを断られたらどうしようと猛烈に怖くなったのだ。〉あっさり手に入ったイヤホンを〈慎重に耳に装着した。まるで雪の層に覆われでもしたかのように周囲の雑音が弱まった。〉トランジスターラジオに接続し、〈私は人生で初めて、「音楽」という言葉の本当の意味を理解した。〉

〈私〉はイヤホンを耳からはずすことがなくなります。〈満員のメトロに乗り、乗客の群れに囲まれても、私は透明になって世界にただひとり存在している気分だった。〉

音楽と〈私〉は区別がつかなくなるほどに一つに溶け合い、私はやがて登校も止めます。母が何かしら救いの手をのべてくれることを期待する気持ちも〈私〉にはあったようなのですが、母は娘を放置します。――ここで、まったく私的なことを書き添えます。私には娘が一人います。一人っ子です。娘がある時期、助けを必要としていたのに、私は気づかなかった。自分の仕事に夢中でした。娘は独りで困難を克服せざるを得なかった。強い悔いとなっています――。

イヤホンを通じての音楽に充たされ続けた〈私〉は、その代償に聴覚を失います。〈私は耳が聞こえないことを甘受した。〉世界の雑音から孤立できた〈私〉は、〈かすかな脈拍のような〉音を聞きます。〈ディスクよりもずっとむき出しで、ずっと根源的な音楽。それは私の内側から生じる音楽で、私の身体が分泌しているものだった。〉

やがて〈私〉は〈母の家〉を出、雪に覆われた地に向かうのですが、それは現実とも幻夢ともつかぬ筆致で綴られています。〈母のことを思い返す。母が聞きたくなかったもの、テレビとラジオの騒音で覆い隠そうとしたものとはなんなのだろう。〉全てが白い世界で〈私〉はくつろぎます。ラストが暗示すると私が感じるものをここに書くのは控えます。

雪は、この短篇たちの中で、しばしば重要なモチーフの一つとなります。「雪」を夕

82

イトルとした一篇もあります。〈地面も空も木も車も街灯も電線もベンチも掲示板も、何から何まで真っ白だった。物音までも、さらには沈黙もまた真っ白だった。〉

どの短篇も、繊細だけれど、勁《つよ》い。静かだけれど、激しい。

外界の歪み、不快、不条理に敏感であるからこそ、〈私〉たち、〈あなた〉は、その歪みに身を添わせて生きることを拒絶する。

八篇の最後におかれた「放火狂」は、場所の名は記されていないのですが「ルオエス」と、訳者あとがきの言葉を用いれば〈呼応〉して、街に砂漠が入りこむ世界を構築しています。

060 『白い病』カレル・チャペック

思いもよらなかった感染症の世界的流行に、出版社も読者も敏感に反応し、カミュの『ペスト』がベストセラーになり、デフォーの『ペスト』も話題になっています。九月に刊行されたカレル・チャペックの戯曲『白い病』は、訳者阿部賢一氏の解説によれば、〈東京などで緊急事態宣言が発令された二〇二〇年四月七日に始め、その後、週末ごとにウェブサイト note で数場ずつ公開し、五月中旬に訳出を終え〉られたそうです。疫病猖獗《しょうけつ》と併走するように、訳業を進められたのでした。

カミュとデフォーの作は、リアルなペスト禍と渦中にある人々を描いていますが、チャペックの白い病は架空の伝染病です。最初はハンセン病と見まがうような白い斑点がぽつんとできる。皮膚の表面にとどまらず、〈体内の肉を喰らいはじめる。〉病状が進めば、腐爛した肉が崩れ落ち骨がむき出しになる。若い者は罹患しない。四十五歳から罹患者が出始め、五十を過ぎた者は確実に発病する。

突如出現したこの新しい伝染病に、効果のある薬は、まだ発見されていない。腐肉の放つ強烈な悪臭に芳香剤で立ち向かうのが、精一杯の対策です。

『山椒魚戦争』や『ロボット』などで親しまれているカレル・チャペックは、一八九〇年ボヘミアに生まれました。第一次世界大戦後、ボヘミアとモラヴィアから成るチェコと境を接するスロヴァキアはマサリク大統領の下に一つの共和国に統合されます。この第一共和国において、チャペックは〈戯曲、哲学小説からSF、童話にいたる多彩なジャンルを手がけ、第一共和国の文化の屋台骨を担った。〉（訳者解説）

〈第一共和国の二十年は、戦争の傷跡と、新たな戦争の足音が交錯する時代であったとも言える。〉（訳者解説）

WWIで惨敗し、ワイマール共和国となったドイツにおいて、ヒトラーの率いる勢力が擡頭し、強大になる時期でもありました。一九三三年、ヒトラーは政権を獲得します。軍事力を増強し、世界に冠《かん》たる強いドイツを再建すると叫ぶヒトラーを、周辺の国々は警戒心を持ったものの、ドイツ民衆の多くは熱狂的に支持したのでした。

アメリカのウィルソン大統領が提唱した民族自決によって、幾つかの国が独立を果たしましたが、結果としてどの国にも少数の他民族が取り残され、ヨーロッパ東部を不安定な状態にしました。ヒトラーはそこにつけこみ、ドイツ民族の保護を名目に、他国に干渉します。

一九三八年、ヒトラーはオーストリアを併合、さらにチェコスロヴァキアに要求しチェコの中でもドイツ系住民が多いズデーテン地方を割譲させてドイツ領とし、翌一九三九年にはチェコとスロヴァキアを分離させ、チェコをドイツの保護領とし、独立させたスロヴァキアにはドイツの傀儡政権をおきます。現在、ナチス・ドイツの侵略行為として厳しく非難されるそれらは、当時にあってはドイツ系の民衆の多くから歓迎されました。

チェコスロヴァキア共和国が解体されドイツの支配下に入る前年、即ちズデーテン割譲の一九三八年に、チャペックはプラハで生を終えています。

一九三七年に上演され、引き続いて単行本も刊行された『白い病』の特徴は、世界に蔓延する未知の疫病の恐怖と勃発迫る戦争の恐怖を、抜き差しならぬ形で絡み合わせているることです。

国の名も地名も明記されていない架空の国です。疫病も、実在のペストやハンセン病ではない架空の病であり、人物は、それぞれの主張、役割を明確に分担しています。ギニョール劇にも向いているように思えます。

「元帥」なる人物が独裁的な力を持ち、軍備拡張に力を入れ、近隣国との戦闘準備を進めている点は、ヒトラーのドイツを想起させます。

〈この作品が興味深いのは、大学病院の院長であるジーゲリウス枢密顧問官、軍事コンツェルンという圧倒的な経済力を有するクリューク男爵、軍隊を統括する元帥という三者に対峙するのが、一人の医師だという点である。〉（訳者解説）

大学病院長である枢密顧問官に、貧しい町医者ガレーンが、治療法を開発できると申し出ます。ついては、大学病院で臨床実験をさせてほしい。

当病院では、外国人は受け入れない、と枢密顧問官はそっけない。ガレーンの出自はギリシャでした。訳者あとがきによれば、チャペックの最初の構想ではユダヤ人とししたが、当時の情勢を過度に反映しているとして、変更したのだそうです。ユダヤ人排斥が始まっていました。

架空の話ではあるけれど、随所に現実が投影されています。

病院には新型疫病の罹患者が大勢入院していますが、治療費を払えない貧しい者はすべて十三号室にぶち込まれている。その十三号室の患者をガレーンは臨床実験に用いることを許されます。

ガレーンの治療は顕著な成果を見せ始める。枢密顧問官はそれを自分の手柄にしたい。

評判を聞いて、国の独裁者「元帥」が視察にきます。

治療結果を比較するため、十二号室には治療法を施さない被験者が入れられている。彼らは腐爛し、見るに堪えない状態になっている。

そちらを一瞥した後、十三号室の患者を視察した元帥は、枢密顧問官を褒め称える。元帥一行が去った後、集まった記者団に、ガレーンは、自分が治療薬を発明した医師であり、治療法を知るのも自分だけであると告げ、訴えます。二度と戦争を起こさないでくれ。そう誓ってくれれば、薬の製法、治療法を世界に伝えると、新聞に書いてくれ。〈この薬を入手できるのは……二度と、二度と、二度と戦争をしないと誓う民族だけだと〉

WWIは、ヨーロッパの国々にとって、これまでに経験したことのない性質を持った戦争でした。戦車が登場したのも、イペリットを混入した毒ガスが使われるようになったのも、飛行機に銃器を備え爆弾を投下するようになったのも、潜水艦が急速に進歩したのも、この戦中においてです。地上、洋上のみならず、海中も空も戦場になった。ことに新しく創り出された毒ガスは、皮膚を糜爛《びらん》させる恐ろしい力を持っていました。不気味でやや滑稽でもあるガスマスクはWWIのシンボルみたいです。

〈薬はできています——恒久平和を約束するよう統治者に働きかけるのです……あらゆる国と恒久平和条約を締結するようにと……そうすれば、《白い病》をおそれることはない、と。〉

どの国の政府も応じなかったら、薬は提供しない。

処方と治療法を教えろと迫る枢密顧問官の要請を拒否しとおし、大学病院を追われたガレーンは、自分の診療所で治療を開始します。

軍需産業で巨大な利を得、元帥の国策推進に欠かせない貢献をするクリュークには、ドイツのクルップが当て嵌まります。クルップの製造した大砲は、ＷＷⅡで大活躍しました。

人間には貧富の差があり人種差別もあるけれど、疫病は公平です。大富豪も貧者も、統率者も一兵卒も、同様に襲う。

医師ガレーンは、差別します。貧しい者はだれであろうと受け入れる。富める者、生活に余裕のある者は、影響力を持っているのだから、まず、恒久平和のためにその力を使ってくれ。その後で無くては治療はしない。

命は平等だという正論に反し、ガレーンはこの点だけは差別を憚らず非情な態度を頑なに貫きます。金を積まれようと、地位の高い者から命令されようと応じない。目の前に女性の罹患者がいても、クリュークの社員であるその夫が職を辞さない限り、見捨てる——妻は夫の付属物であるという当時の常識が根底にあるようですが——。同僚が疫病で死んだおかげで部長の地位に就けた夫は、職を捨てられない。離職したら飢える。

ガレーンは情状酌量は一切しない。

差別をしない疫病は、クリュークをも襲う。ガレーンの治療の条件は武器製造の中止です。元帥が承知するわけはない。反戦運動がひろがりだしたと知った元帥は、宣伝大臣の案を入れ、戦争を求める自発的なデモが起きるよう画策します。

その元帥さえ、罹患する。ガレーンが出した条件は、撤兵です。

平和へのかすかな道筋が見えたとき、すべてを打ち砕いたのは、民衆でした。〈群衆の激情や本能が一旦解き放たれると、指導者たちですらそれを止めることはできない。〉（「警告の印」チャペック）戦争万歳！　元帥に続け！　熱狂した人々は道を埋めて群がり旗を振り回す。往診鞄を持って元帥のもとに急ぐガレーンは、「戦争反対！通してくれ」と頼み、群衆にぶち殺されます。戦争万歳！　元帥万歳！

およそ四半世紀昔にあらわされた塚本邦雄の一首を書き添えます。

あぢさゐに腐臭ただよひ
日本はかならず日本人がほろぼす

061

「騎兵物語」
フーゴー・フォン・ホフマンスタール

『マチネ・ポエティク詩集』を読み返そうとしたら、函と本体が石膏で一つに固められたみたいにきつくて、取り出せない。もともとゆとりなく造られている上に、函の中央部が内側に反って本体を圧迫しているのでした。私自身の左腕が、掌から肘までギプスで締めつけられ、役に立たない状態です（骨はもはや薄い玻璃造り、織り糸の弱った古縮緬の皮膚で被《おお》っただけなので、すぐに破れ、壊れます）。苦心の末、中央部の難所を抜けたら、後は簡単に出てきました。

一九四一年。日本は太平洋戦争をはじめました。言論統制が厳しくなり、同人誌すら出せなくなったとき、強い文学志向を持つ青年たち――福永武彦、中村真一郎など数人――が、自作を持ち寄って朗読発表する集まりを作った、その会の名が「マチネ・ポエティク」です。敗戦後ほどない一九四八年——昭和二十三年——、七百五十部限定の『マチネ・ポエティク詩集』が真善美社から上梓されました。私が所持しているのは、一九八一年——昭和五十六年——復刊された思潮社版で、安藤元雄氏の綿密で懇切な解説が付されています。

押韻定型詩のみで編纂されていることが本書の特色であり、同人である詩人たちの強い主張です。〈僕は少しづつ習作を続けた。それは自分の魂の探究であると共に、それを表現するにふさはしいフォルムの模索だつた〉（福永武彦）フォルムの模索が、西欧の詩型や脚韻規則の追究となったのは、同人の大半が大学でボードレールからマラルメにいたるフランスの象徴詩を学び、〈それは、単なるありあわせの教材だったのではなく、もっとずっと深いところで彼らの内的欲求に答えていたのだ。〉（安藤元雄）

ホフマンスタールの「騎兵物語」を再読しながら『マチネ・ポエティク詩集』に連想が飛んだのは、文章の表現にこだわるという共通点を感じたからでしょう。

「騎兵物語」は、文庫版で四十数ページほどの短篇です。

この短篇に、どうして深く心惹かれたのか。三十年も昔に読んだだけなのに、幾つかの場面が映像になって記憶に残っているほどです。

内容は、つづめて言えば、「一八四八年七月二十二日、巡察隊がミラノに向かう。敵を掃討するなどして帰陣する」（「など」の部分が核心）です。

一八四八年はヨーロッパ各地で革命が起き、ウィーン体制の崩壊が始まる年であり、ミラノでも、オーストリアの支配に対し反乱が生じました。

イデオロギーや正義の是非などに割かれた言葉は一つもないのが嬉しい。

二〇〇九年、ホフマンスタールの詩集が文庫で刊行されたとき、すぐに入手したのも、「騎兵物語」の魅力ゆえです。詩集は愛惜する書の一つになりました。一九九四年に小沢書店から刊行されていたのには気づかなかったのです。

「騎兵物語」が収録された短篇集『チャンドス卿の手紙』と『ホフマンスタール詩集』それに『ゲオルゲ詩集』、三冊の文庫を机上に並べ、何だか贅沢な気分に浸っています。

〈はるかな山々の峰からは静かな煙にも似た朝雲がまばゆい空に立ちのぼった。（略）味方の最前線をはなれて一マイルばかり進んだころ、玉蜀黍畑のあいだに銃がきらめき、「敵歩兵！」との声が前衛にあがった。中隊はすぐさま街道わきに攻撃態勢をととのえると、猫の啼《な》き声に似てふしぎな音をたてる銃弾をあびながら、畑をつっきって攻めかかり、雑多な武器をもつ一隊を鶉《うずら》のように追い立てた。〉

出会う敵を捕虜にしつつ進むさまが、淡々と記されます。一群の家畜を捕虜にした直後、強力な敵の一隊が、墓地の塀を楯に、〈銃撃を加えてきた。少尉トラウトゾーン伯爵ひきいる先頭小隊が低い塀を跳びこえ、墓石のあいだを抜けて、あわてふためく敵兵に襲いかかると、大半は教会へ逃げこみ、聖具室の戸口から生い繁る林のなかへのがれていった。〉

この墓地における戦闘場面は、引用した数行がすべてです。捕虜の人数や鹵獲《ろかく》した武器についての記述が、戦闘場面より長く続きます。冒頭の〈一八四八年七月二十二日午前六時前、〉から〈榴弾砲は（略）中隊が引いてゆくことになった。〉までの一段落は二ページにわたります。戦闘場面も改行で際立たせてはいないのに、そうして、細やかな情景描写は一切ないのに、躍動する映像となって記憶に残っているのは、なぜなのだろう。墓地という特殊な場所が選ばれたせいだろうか。

敵の軍がミラノからすべて撤退したという情報を得た騎兵大尉は、〈無防備なままで眼前にひろがる美しい大都市に入城することを、みずから思いとどまることもできず、また中隊に対して禁じることもできなかった。正午の鐘が鳴りひびくなか、四本の喇叭《らっぱ》が鋼《はがね》色にきらめく空にむけ高らかに吹き鳴らす「総隊行進」。百千の窓がびりびりとふるえ、七十八の胸甲に、りんと捧げる七十八の抜身の刃に、反射光がきらめいた。〉この辺りは特異な文章ではありませんが、続く場面を際立たせる役に立っていると思います。

巡察隊の一人、曹長アントン・レルヒの行動に焦点が絞られます。昔かかわったことのある女を市内で見かけたような気がして白昼夢におちいったその余波をひきずりつつ、何か手柄をたて報賞を得ようと、隊列を離れ、みすぼらしい村に入り込み、〈(略)まさに通りを駆歩《かけあし》で抜けようと馬を進めたとたん、足元に堅い舗石を感じ、しかもそのうえになにかぬるぬるした油が撒《ま》きちらされており、手綱を締めて常歩《なみあし》にせざるをえなかった。〉汚い小さい家がならび、中をのぞくと〈そこここに腐ったような半裸の人影が、うつけたように寝台にすわり、あるいは腰骨がはずれているかのごとく足をひきずって部屋のなかをうごいていた。〉曹長の馬は犬たちにまつわりつかれます。ただれた両眼から膿をながす白犬だの、脚の長い出来そこないの、かぎりなく悲しい眼をしたダックスフントだの、子犬だの。さらには、大きい牝牛に道をはばまれたりする。この箇所は、微細に描かれます。馬の歩みが奇妙にのろくなり、〈左右の塀のほんの足幅ほどの部分、いやそれこそ塀にへばりついた百足《むかで》や草鞋虫《わらじむし》の一匹一匹が難渋しながらじりじりと後退してゆくのが見えるような〉時間。曹長が迷い入ったのは、異界というより、異時間と呼んだほうが適切でしょう。彼は、見ます。味方の騎兵が一騎、こちらにむかって馬を駆る。それが、彼自身だと気づいたとき、鏡に映った影のような姿は消え、突撃喇叭がひびき、彼の属する中隊が敵騎兵隊と交戦、彼も突入し、敵士官を殺し、その馬を奪う。奇妙な村に入るところからこの戦闘で馬を獲るまで、数ページにわたって改行がなく、一つのセンテンスも異様に長い。にもかかわらず、冗長とは正反対で、密度の濃さが、尋常ならざる緊迫感をもたらすとともに、表層のリアルを超えたものを感じさせます。

敵を掃討した彼の中隊は、落日の赤と血痕の赤のなかで興奮冷めやらずにいる。このとき、隊長が奇妙な命令を発する。レルヒ曹長の深奥の心の揺れ動きとそれを反映したかのような隊長の行動。不条理な結果。

〈隊長はゆっくり拳銃をおさめながら、一瞬の稲妻にも似た衝撃の余韻になおふるえる中隊をふたたび、たそがれゆくはるかかなたに集結するかにみえる敵を迎え撃つ態勢にととのえおえた。敵はしかし新たな攻撃をしかけてはこず、しばらくののち、巡察分遣隊はなんら妨害をうけることもなく、南側の味方の前哨線に到り着いた。〉

たんたんとしたラストです。日常から非日常に迷い込み、日常に戻ってくるが、その戻ってきた日常も歪んでいる。タルコフスキーの「ストーカー」のラストが連想されました。「ストーカー」の場合は歪みではなく、むしろ浄化というべきでしょうか。

「騎兵物語」で扱われる事柄は、凡庸な文章で書けば凡庸な怪奇譚にもなり得ます。気品、格調の高さ、高雅さは、文章によるものです。文章、文体といえば、言い尽くされたことながら、石川淳が真っ先に浮かびます。『紫苑物語』は作家を志すなら必読、と、つい口調が強くなってしまいました。剃刀で削ぎ落とすような鋭い文章です。

小文はとりとめなくふらふらして、冒頭においた『マチネ・ポエティク詩集』と敬愛する福永武彦について記す余白がなくなってしまいました。昨年――二〇一九年――に刊行された山田兼士氏の『福永武彦の詩学』に委細は尽くされているので、私の禿筆《とくひつ》は不要です。文章のスタイルはないがしろにされるべきではないとのみ、記します。

机上にホフマンスタールと並べて『ゲオルゲ詩集』をおいたのは、六歳違いの二人の詩人のあいだに緊密な交わりがあり、そして私がどちらの作も鍾愛しているからです。

一人の死者の影がぼくらの上に落ちた
一人の芸術家の魂の　最後の戦いが
その魂は　死に行くわれとわが身を眺めながら
死の痙攣を　なおも描きつくそうとしたのだ

——ホフマンスタール「一人の死者の影が……」川村二郎訳

そのとき　たそがれの風が
魂に救いのことばをささやいた。
わたしのいちばん悲しい時刻を

いまおまえも知ったのだ、と。

――ゲオルゲ「たそがれの風が」手塚富雄訳

062

「死者の時」
ピエール・ガスカール

〈墓場がいかにも墓場らしくなるためには、大勢の死者、永い時間、それに、多くの訪れる人々の足跡が必要だ。〉

一九一六年パリで生まれたピエール・ガスカールは、八年間を軍隊で過ごしますが、そのうち五年間は俘虜として収容所に入れられていました。本書に付された佐藤朔氏の「ピエール・ガスカールについて」によれば、収監中二度脱走して捕らえられ、懲罰のためにその都度奥地の収容所に移され、最後にポーランドの〈懲戒収容所で墓掘人夫をやらされた。このときの体験が「死者の時」になったのである。〉

ヒトラーのドイツとスターリンのソ連は不可侵条約を結び、東西両方からポーランドに侵攻、分割して占領しますが、ヒトラーは条約を破棄。ソ連領に軍を進め、ポーランド全土を支配下に置きます。第二次世界大戦における虜囚体験をそのまま綴ったものやフィクション化した作品は数多くありますが、本作の特徴――それが即ち独特の魅力となる――は、きわめてリアルで悲惨な事象を綴りながら、それが夢幻的、内省的な世界と渾然としてゆくことにあると思います。

〈僕〉を含む捕虜のフランス兵が放り込まれたのは、ウクライナのブロドゥノ俘虜懲戒収容所でした。到着したのは四月。雪融けと雨で道路はぬかるみ、通路用に置かれた板の上を〈絹のネッカチーフを被って長靴を履いた女たちや、ドイツ兵や、ぼろぼろの毛皮付外套を着た男たちなどにまざって〉飛び跳ねながら進みます。中にはダヴィデの星を描いた腕章を着けた人々もいる。後に、彼らが集められ、列車に詰め込まれ運ばれて去るようになったとき、〈僕〉は気づきます。〈それまで多数のなかで薄められて、量の点では巧妙に問題になっていなかったものが、孤独の火に焼かれて突然固まった。彼らは急に、キリスト受難にも似た一つの受難の隊列を組み、神に訴えるべく行進する無言の代表たち、苦患の行列に変った。〉点在によって目立たなかったものが寄せ集められ一つの集団に凝縮されたとき、存在が際立つ。強く心に残るフレーズでした。なぜ、ひとしお強く刻まれたのか。〈老い〉が寄せ集められた場所を識ったためです。さまざまな年齢の人々の間に点在していればさして目立たないけれど、集団にされたため、際立つ。その傍らに、親しい友人のように死が——やさしい微笑さえ仄見せて——佇んでいる。誰もが見えないふりをしている。〈老い〉とユダヤ人はまったく別の問題で、それを混同して語っているのではありません、と「真夏の夜の夢」の素人役者のように、言わずもがなの釈明を添えます。最初は点景のように描かれるユダヤ人たちが、やがて重い塊となって〈僕〉の心にのしかかります。

収容所は、ソ連軍の騎兵部隊宿舎として建てられ、ドイツ軍占領後、一時はソ連兵捕虜が収容されていました。蔓延したチフスで多くが死んだその痕跡。〈石灰の壁には、彼らのひどく汚い手の跡や、血や排泄物のとばっちりが点々と残り、死と結氷とが指環を交して固く結び合う時、静まりかえった冬の夜を体をぶつけ合いながら過した俘虜たちからの伝言なのだ。〉

フランス軍虜囚の中から六人が、墓穴掘りに任命されます。〈僕〉はその一人です。季節は移ります。墓地に指定された場所は、荒涼とした収容所とは対照的です。〈沼のほとりにまで、草花が咲いていた。菫、きんぽうげ、わすれな草などが、記憶のなかの古ぼけた植物標本を蘇らせて、後はただ、てんとう虫の固い殻と毒茸の赤いパラソルが現れさえしたら、世界の春を自分の少年期に、しっかりと結びつけることもできたであろう。〉

　しかし、最初に死者を葬ったとき、〈死が僕らの近くを離れることはまずあるまいと〉〈僕〉はひしひしと感じます。〈死人は人が思うほど地中深く降りて行きはしない。つまり、墓穴を掘る場合、つるはしが打ち込まれるたびに、地下の世界の境界は固められてしまう。〉〈僕らは土の棺、泥のなかの小舟に死者を横たえる。（略）骨は何時までも残っているだろう、投げ込まれた錨のように。〉棺を安置した四輪馬車に従軍司祭や衛生兵らが続き、さらに一隊のドイツ兵に監視されつつ、〈僕ら〉のほうに進んできます。〈僕らは電光のように悟った。この穴を掘ることによって、僕らは何と怖ろしい責任を引受けてしまったことか。僕らの寂しい作業が、何という山彦を彼方に起させてしまったことか。〉埋葬の作業はなおも続きます。柩を下ろす位置には二本の綱を平行に並べ、下ろし終わったら抜き取る。〈引上げる時、その綱の端は最後の生きものが逃げ去るように、棺の胴体に一寸ぶつかるだろう。〉ひらひらする布のように、死はいつもまつわりついている。
ある日、一個大隊の兵士が交替のために到着し、中の二人が墓穴掘りたちの監視役になります。〈こうした師団に属する兵士たちは華々しく戦死する機会もなく、ただ負戦の時に殺されるばかりなのだ。〉
監視役ドイツ兵の一人はプロテスタントの牧師で、フランス人の多くがそうであるカトリックの〈僕〉と、深く静かに語り合うようになります。
牧師と連れだって〈僕〉は墓地に続く原生林に入ります。〈この処女林は、その鬱蒼たる葉の繁みや見事に発育したその巨大な幹にも増して、それの持つ対比の価値や地平線を遮る岩乗な掩体、とりわけ僕の影の重さに与えてくれる秘かな助力によって、僕にとっては存在していたのだった。（略）森とその危険を潜めた影とは、（略）僕ら二人を、またもや無数の劫罰との差し向いの一つに閉じこめていた。監守とその囚人、肉体と良心、犬と餌食、傷口と短刀、自己とその影、これらのものがすべて、この太古の森のなかに現れ出、今度もまた、昔馴染みの組合わせになっていた。〉

そうして、夏。〈東方に進撃しながら、ドイツの勝ち誇った夏は、ヨーロッパの相貌をゆがめる暴力や強制や虐殺の権利という固まった沈澱物の上に、僕らを置き去りにした。〉

収容所の食糧は乏しく、〈僕ら〉は森の向こうにある村落に行き、赤十字から分配された下着などと食べ物を交換して空腹をしのぎます。

〈死人たちは、朝、何時も不規則で、思いがけないことなどを運んでこない郵便のように、僕らのもとに届くのだった。(略)棺のなかの死人は、今ではもう、戸口を背景にする人間ではなくなっていた。〉〈僕らは、彼らの重味しか感じなかった。〉特別重いとか軽いとか、特徴のあるときだけ、何か人格のようなものを、ひっそり感じる。

墓地は埋まりつつある。余地がなくなったらどうするのだろう。〈墓地の境界は僕らの未来の境界、僕らの希望の境界だったし、夏はそっくりそのまま、そこに宿っていた。その夏は、ぎらぎらと姿を現わしつつあった。〉〈その様は、一寸蜃気楼のようでもあったが、それよりも何よりも、今は見られない風景、過去の時、そして、もっと現実的には、死者たちのささやかな租界のようだった。〉

墓地に濠を掘って水を引き入れようと掘り進んだ〈僕ら〉は、屍骸にぶちあたります。棺におさめて埋葬されたのではない、剝き出しの骸です。無造作に殺害されたユダヤ人やパルチザン。

そして、〈僕ら〉は否応なしに見ることになります。列車に満載され、運ばれていくユダヤ人たち。窓から身を乗りだしただけであっさり撃ち殺される子供。「こんなものを見てしまったら、もう、僕にとって人生はなくなる」そう言った牧師は、いなくなります。懲罰を受けたらしい。

夏草の繁る庭園のようだった墓地は、秋雨が降り始めるとともにもとの泥土の荒れ地にかえり死の季節が近づく。予備のために掘り、防水布と板切れで蓋をした墓穴に、人が隠れて夜を過ごしている気配に〈僕〉は気づきます。工面できるだけの食糧を〈僕〉は穴の中に置く。紙片に記された短い手紙のやりとりから、隠れているのは、〈僕〉の知っているユダヤ人とわかります。〈墓の蔽蓋を通じての意志交換、苦悩を秘めた簡潔な手紙〉などが集まって、〈死のなかに一種の窓口を開け始めた〉と〈僕〉は感じます。ユダヤ人は、土壁を叩き続けた、と記します。〈叩いている限り僕は生きている。

〈略〉僕は叩く、叩く。〉

或る朝、彼が塒《ねぐら》にしていた墓穴に〈僕〉が見たのは、腕章のない黒い上衣だけでした。〈片方のポケットには、どんぐりが一杯だった。〉

その数日後、押し鎮められていた〈僕〉の叫びが炸裂するような行為――それすら、監視兵の許可を得て――の後に、深い沈黙の中、〈僕の死者たちのほうへ〉〈僕〉は戻る。死者の時を生き続ける。耐えがたいほど重いはずなのに、陰湿な印象を受けないのは、なぜだろう。死の一歩手前にある孤独を生きるのは、武器を持って戦う以上に強い力を要するからではないか。そうして〈僕〉の思索が、生への強靱な結索となっているからではないだろうか。そう自問自答しながら、読後の夜を過ごします。

063

『夜の来訪者』
ジョン・ボイントン・プリーストリー

ジャーナリストであり小説家、劇作家、批評家であるイギリス人プリーストリーによってこの戯曲が発表されたのは、一九四六年でした。戯曲が扱っている時代が一九一二年であることは、登場人物の一人の、友人がタイタニック号という素晴らしい定期船の下見をしてきた、というせりふによってわかります。〈来週出帆するそうだ（略）――あらゆる贅をつくして――しかも沈まない、絶対に沈まないときている。〉戯曲の読者は、そして上演される舞台の観客は、不沈とされた巨船が沈没したことを知っています。この登場人物――裕福な工場主バーリング氏――は濃厚になりつつある戦争の気配についても案じていません。〈だれだって戦争なんかしたくないさ。バルカン諸国の半野蛮人を除けばね。それは、なぜか？　今日では、あまりに多くのものがかかっているからだ。戦争では失うものばかりで、得るものは何ひとつないんだからね。〉この二年後に第一次世界大戦が始まることも、読者、観客は熟知しています。〈世界があまりにも急速に発展しているので、おかげで戦争なんか不可能になってしまうだろう。〉飛行機や車の性能の進歩は、戦争に大いに役立ったのでした。一八九四年に生まれ、一九八四年に没した作者プリーストリーは、二つの大戦を生きています。

幕が開くと、舞台はバーリング家の、上等な家具が置かれたダイニングルームです。祝いの食卓についているのは、バーリング夫妻（五十代）と、その娘シーラ（二十代はじめ）、息子エリック（二十そこそこ）、そして、シーラと正式に婚約をかわしたジェラルド・クロフト（三十ぐらい）。食事を終えたところで、小間使いがデザートの皿を片づけポートワインのデカンターや葉巻の箱などを並べている。

市参事会員や市長をつとめたこともあるバーリング氏は、警察にも顔の利く有力者で、娘の婚約者ジェラルドの父親クロフト氏も同様です。クロフト氏はその上、サーの称号も授かっている。じきに自分も叙勲されるはずだとバーリング氏は期待しています。

炭坑夫がストライキを起こし、労働問題が大きくなりそうな世情ですが、バーリング氏は、〈わたしたち雇用者は、ついに一致団結して、わたしたちの利益が――資本家の利益が、正当に保護されるように留意するようになりつつある。わたしたちは、着実に増進していく繁栄の時期を迎えようとしているんだよ。〉と楽観的です。

ワインを飲み交わしているとき、突然、グール警部と名乗る見知らぬ男が訪れ、若い女性が強力な消毒剤を多量に飲み病院に搬送されたことを告げます。〈はらわたは焼き尽くされていました。〉〈もちろん、自殺です。〉

悲惨な話だが自分には関係ないことだ、とバーリング氏は苛立ちをあらわにする。

女の部屋には、一通の手紙と日記が残されていた。女はいろいろな名前を使っていたが本名はエヴァ・スミスでした、と、警部と称する来訪者は言います。

さらに、その女性の写真を来訪者は見せるのですが、バーリング氏以外の者には見えないようにする。

自分のところの従業員だったが、とバーリング氏は認めます。二年前に解雇した。解雇の理由は、賃上げを要求したからだ。彼女らの週給は平均二十二シリング六ペンス。

業界の給料としては高くも低くもない。それを彼女らは、二十五シリングにしてほしいと申し出た。〈もちろん拒絶した。〉

なぜ、拒絶したのかと問われ、バーリング氏は驚きます。当然なことをしただけなのに。なおも、なぜ、と追及され、答えます。〈人件費を抑えておくのがわたしの任務なんだよ。もし、要求どおりに歩合を上げていたら、十二パーセントがとこ人件費が増えたことだろう。〉

女子従業員のストライキはあっけなく潰され、首謀者数人は馘首《かくしゅ》。エヴァ・スミスはその一人でした。

できる限り人件費を低くおさえ、利潤をあげる。現在の日本の雇用問題を思い重ねます。正規だと簡単に馘首できないから非正規を増やす。馘首の自由を担保にした雇用政策。

〈そういう女の子は安い労働力じゃないわ——彼女たちは人間よ〉バーリング氏の娘シーラの言葉を、父も婚約者もまともに取り上げない。

雇用者が欲しがっているのは、「労働力」であって、「人間」ではない。現代《いま》とひびきあう言葉です。海外から呼び寄せているのは、労働力であって人間ではない。行政も雇用者もそう考えているようです。

私は新聞を取ってないし、テレビを見る習慣がないし、ネットで細々《ほそぼそ》と情報を知るぐらいなのですが、それでも女性の環境が改善されないことは感じています。恒例の脱線をします。何年か前、デパートの地下食料品売り場で、ずっしりと重そうな赤ちゃんを抱っこ紐で前にかかえた若い女の方が買い物をしているのを、見かけました。そのデパートは、ベビーカーを買い物客に無料で貸し出しています。でもその方は、利用できなかった。松葉杖をついておられたのです。一時的な脚の怪我のようでした。右手は松葉杖で身を支えている。左手だけでベビーカーをスムーズに扱うことはできない。私自身が杖にすがって頼りない歩行をする身で、そのまま通り過ぎるほかはなかった。保育所でさえ数が不足している。即応して臨時に援助する制度はないようです。行政にとっては、母も子も数字でしかない。

女の子は安い労働力ではない、人間だ、と主張するシーラ自身が、今の言葉で言えばカスタマーハラスメントに相当することをしていたのが、「警部」の言によって明らかになります。
行きつけの衣料品店で、シーラは態度の気に入らなかった女子店員を、支配人に言いつけ、馘首させたのでした。シーラも母もその店の上得意です。あの売り子を追い出さなければ母に話してお宅との取引をやめる。シーラは認めます。若い女子店員に落ち度は何もなかった。シーラが欲しがった服は、彼女自身にはまるで似合わないのに、体に当てて見せた女子店員にはぴったり合っていた。女子店員は顔立ちが美しく、姿態もよく、しっかり者のように見えた。〈彼女があわれな、不器量な女の子だったら、あたしだってあんな真似はしなかったわ。〉
警部はシーラに写真を見せ、顔を確認させます。バーリングが馘首したエヴァ・スミスは、名前を変え、別の仕事先——衣料品店の店員——を見つけた。エヴァの新しい仕事は、町の有力者の娘シーラによって失われた。衣料品店を追われたエヴァ・スミスは、またも名前を変え、世間から侮蔑される職業につかなくては生活がなりたたなくなった。
シーラの婚約者ジェラルドが、彼女を囲い、しかし真の愛情はなく数ヵ月で切り捨てたことが、警部によって明らかになり、さらにバーリング夫人も息子のエリックもそれぞれ、強者の立場から彼女を蹂躙していたことが、スリリングに明瞭になっていきます。

警部が去った後。バーリング氏が何より憂慮するのは、醜聞が外にもれたら爵位をもらえなくなるということです。バーリング夫人は自分のしたことは正当だと言いはる。バーリング氏は警察上層部の知人に問い合わせ、グールという警部は存在しないとわかります。あの男は何者だったのか。写真を皆が一緒に見られるようにはしなかった。それぞれ一人だけに見せた。別々の女かもしれないのだ。

さらに、ジェラルドが救急病院に電話をかけ、今日の午後、消毒剤を飲んで自殺した女の子が搬送されてきたかと、確かめる。そんな人物はいない、というのが病院からの返事でした。

大人たち――バーリング夫妻と婚約者ジェラルド――は安堵します。警察が関与するような事件はなかった。だれかが悪戯を仕掛けただけだ。すべてを忘れて元の生活を取り戻そう。心に強い咎めを感じるのは、若いシーラとエリックです。ここにいる五人それぞれが、若い女性に残酷なことをしたのは事実だし、自分のおかした罪は消えないと暗澹とする姉弟を、若い者は冗談がわからないと父親は笑い飛ばす。

その後に、短いせりふによる予想外な展開があります。ミステリでいうどんでん返しともちょっと違います。こういう手法のヴァリエーションをもちいた作は、今は幾つもありますから（私も書いています）、それらを先に読んでいると新鮮みは薄いかも知れませんが、初めて舞台で接した観客の衝撃は、どんなにか大きかっただろうと思います。主題を際立たせるために必要な、迫力あるラストでした。

バーリング邸から消えるとき、警部は言ったのでした。〈一人のエヴァ・スミスは、この世を去りました——しかし、何千万、何百万という無数のエヴァ・スミスや、ジョン・スミスのような男女が、わたしたちのもとに残されています。かれらの生活、かれらの希望や不安、かれらの苦しみや幸福になるチャンスは、すべて、わたしたちの生活や、わたしたちが考えたり、言ったり、おこなったりすることと絡みあっているのです。〉

064

『西欧の東』
ミロスラフ・ペンコフ

第二回に書いた『ソロ』の作者はインド人の父とイギリス人の母を持ち、イギリスで生まれ、現在はインドに住み、そうしてブルガリアを舞台とする作を著しました。短篇集『西欧の東』の作者は、一九八二年ブルガリアに生まれ育ち、二〇〇一年、十九歳でアメリカに留学し、居住。英語で小説を発表しています。

バルカン半島の国々は、国境が動いたり、国が解体されたり、政治体制が変わったりと、複雑な過去を持っています。ブルガリアという国の変遷については、『ソロ』で数行、簡単に触れました。

一九一二年から一三年にかけての二度にわたるバルカン戦争と第一次世界大戦に敗北した結果、ブルガリアは領有していた土地の一部を国境を接するセルビアに割譲せざるを得なくなります。

〈村をふたつの集落に分けていた川が国境線になった。川の東側はブルガリアに留まり、西側はセルビアのものになった。〉（表題作）

一九一八年、セルビアはスロベニア、クロアチアと結んで一つの王国とし、一九二九年ユーゴスラビア王国と名乗ります。

東西に分断された村は、〈五年ごとに「スボール」という大掛かりな再会の集いを催した。ぼくらが根っこ《ルーツ》を忘れないための公式な行事だった。〉といっても、実情は、たらふく飲み食いする口実にすぎなかったと〈ぼく〉は思います。西と東、交互に行います。一九七〇年の夏、六歳の〈ぼく〉は、川の西、セルビア側で行われるスボールに初めて参加します。

西欧と交流のあるセルビア領の村は、共産政権下のブルガリア領より物資が豊かである様子が記述から読み取れます。

ソ連時代にレニングラードやモスクワを旅したことがあります。実に〈物〉がなかった。帝政時代に建てられた堂々たるホテルのレストランのメニューには料理の名前がびっしり並んでいるけれど、実際にオーダーできるのはそのうちの二つ三つだけでした。キャビアなどの高級品は限られた店で外国からの訪客だけに売ってドルを稼いでいました。ソ連崩壊の後再訪したときは、いくらか緊張感が薄れてはいたけれどやはり豊かとは言えず、モスクワには官憲の目を憚るぴりぴりした雰囲気がありました。迂闊にも私は申告額を超えたドルを持っていました。そう告げたらガイドさんのくちびるから色が引き、逮捕されるかもしれないと警告されました。その後、バルト三国に行ったら、のびやかで暮らしの水準も高く、不思議な気がしました。一時期、ソ連に併合されていたのに。三度目の西シベリアへの旅は楽しかったな。夜行列車のトイレが夜間は施錠されていて、車掌は見当たらないし、困り果てたけれど。追憶寄り道、終わり。

かつては一つの村であった二つの村の大人たちは、歌い、踊り、飲み、皆酔いつぶれて寝込んでしまいます。飲んでも眠ってもいないのは、〈ぼく〉と、川の西側に住むいとこのヴェラだけ。〈ぼく〉はヴェラの長い髪の毛を引っぱって放さない。ヴェラが眠りこけている人々のポケットを探って、獲物を漁っていたからです。ヴェラは〈ぼく〉の顔をぶん殴り、〈ぼく〉の鼻はビスケットみたいに潰れ、おかげで〈ぼく〉は「ハナ」と呼ばれるようになり、潰したヴェラと仲よくなります。

川の流れる村がまだ一つであった遠い昔、バルカン戦争の始まる前、川の東に住む金持ちが西側の地所に教会を建て、若いイコン画家を雇います。画家は土地の娘と愛しあい結婚し、教会の近くで暮らすようになります。遠い地方の教会に画家が仕事で赴き、村に帰ってきたら、川の西側はセルビア領になっていた。警備兵たちがいて渡河をゆるさず、西側の我が家に帰ることができない。川の流れを変えてくれと、画家は村人たちに頼みます。おびただしい石を積み上げ、流れは教会の西側を取り込むように変えられましたが、ヘビのようにのたうつ川は低地に一気に流れ込み、人々を、そうして教会を飲み込みます。屋根の上に立つ十字架のみが、わずかに水面から顔を出している。〈ぼく〉とヴェラは、川を泳ぎ、十字架につかまり、もぐって教会の壁画を目にします。

一九八〇年、ばらばらの民族国家を一つにまとめていたユーゴスラビア社会主義連邦共和国の大統領ティトーが没し、強引にパーツを結びつけていた糸が切れた人形みたいに、分裂の危険が増大し始めます。

川の東側はますます貧しくなる。若者たちは仕事を求めて都会に出て行く。人数が減って学校は閉鎖になる。

そのころ、十代の半ばを過ぎた〈ぼく〉は、夜になると沈んだ教会に泳いでいき、川の西側から泳いできたヴェラと〈ビーバーのように静かに戯れ〉、そして十字架のそばで初めて〈本当のキス〉をします。「もう川から出たくないくらいだ」と〈ぼく〉は言い、「人間は川じゃ生きられないわよ」とヴェラは言います。

ハナの姉は、川の西に愛しあう相手がいます。彼は警備の目をくぐって川を泳ぎ渡り逢いに来る。結婚式を挙げることになり、その前夜、姉さんは恋人に逢うために川を泳ぎ渡り、岸に上がったところを訓練中の兵士に撃ち殺されます。

葬儀は川の両岸で行われます。西側では若者が（おそらく恋人の不条理な死に絶望して）死んだのでした。〈両岸が、炎で生き生きとなった。ひとつには結ばれない、火のふたつの手。そのあいだには、川がある。〉

司祭は歌います。〈風は西へ、セルビアに向かって吹き、川はすべて西欧の東へ流れていく。〉川になれたら、と〈ぼく〉は心から願います。〈川には記憶などないのだか

ら。そして、大地のようには絶対になりたくないと思った。大地は決して忘れることができないのだから。〉

国境警備は強化され、根っこを忘れないための行事スボールは中止。暮らしは苦しい。ヴェラは川の西側で結婚しベオグラードに住み、家に閉じこもった母さんはやがて死に、父さんも仕事を首になり、飲んだくれ、死にます。〈ぼく〉は炭坑でがむしゃらに働き、幾許かの銭を貯めますが、上司を殴り、馘首。

一九九九年の春。NATOのセルビア空爆が始まります。〈アメリカ軍は近道するためにぼくらの国の上空を通って、ぼくらの隣人に爆弾を落としていった。〉

子供も生まれたヴェラから、夫が戦死したことを告げる手紙が届きます。〈お願いだから来て。ほかには誰もいないの。〉

ぶっ放されたミサイルが落下して、〈川に突き刺さり、錆びついた十字架と、その下にある教会を貫〉きます。

姉さんが死んだとき、自分の世界は半分終わったと思い、両親が死んだときは、もう半分が終わったと思い、地の下にある死者たちの骨が鎖のように自分を村に縛りつける、そう思っていた〈ぼく〉は、〈あの教会が煉瓦の土台を断ち切れるなら〉自分も鎖を断ち切り自由に旅立てるはずだと思います。すぐに出発できなかったのは、旅費がないから。

がむしゃらに働いて銭を貯め、米ドルに交換し、川を泳ぎ渡り、銃を突きつける警備兵をドルで買収し、国際輸送トラックでベオグラードに行き、タクシーを拾い、ヴェラからの手紙の住所を見せて、行き先を指示します。「ブルガリア人か」と運転手は訊きます。〈ブルガリア野郎。アメリカに基地を引き渡して、おれたちを爆撃させやがって。何がスラヴの兄弟だ!〉運転手は〈ぼく〉に唾を吐きかけます。

——この稿を書いている今日(二〇二〇年一月八日)、イランのソレイマニ司令官を米軍が殺害した報復として、イランがイラクの米軍基地にミサイル攻撃をしかけたことが報じられました——。

その後に〈ぼく〉にとって最悪の事態が続くのですが、最後の一行を引きます。

〈ぼくは川ではないけれど、土くれでできてはいない。〉

訳者藤井光氏はあとがきで、作者は、〈英語で書くときにはなるだけシンプルな表現を心がけている〉と記しておられます。

母語ではない英語で書かれたペンコフの作は、メルヘンの詩情とでもいうべき雰囲気がにじみ、悲惨な事柄を書いているにもかかわらず、諧謔味さえあって暗鬱ではないのです。

ブルガリアは、二十世紀初頭までオスマントルコに属していました。今のトルコからは想像しにくいのですが、中世期におけるオスマン帝国は強大で、バルカン半島を制覇し、十六世紀にはウィーンにまで軍を進めています。デヴシルメと呼ばれる制度を持ち、征服したバルカンの国々からキリスト教徒の男の子を強制徴用してイスラム教徒に改宗させ、スルタン直属の奴隷兵士《イエニチエリ》としました。その歴史と現代の移民生活を巧みな構成で重ねた短篇「デヴシルメ」についても書こうと思っていたのに紙数が尽きました。『辺境図書館』シーズン1からやらかしている、館長の寄り道癖のせいです。

065

「狂人なおもて往生をとぐ」清水邦夫
『万博聖戦』牧野修

舞台は室内ですが、椅子などの調度をおくかわりに、穴が三つ。役者が出入りする袖も、左右二つの穴。上手はク穴、下手はキ穴と、便宜上命名されています。

夕闇の濃い室内で、善一郎（五十六歳）が柱の照明を付け替えています。スイッチを引っぱると、毒々しく俗悪なピンクの光彩がみちる。

善一郎は定年を数年後に控えた大学教授、専門は教育行政学です。

ク穴から善一郎の妻はな（五十一歳）が登場する。

キ穴から、長男出（三十歳）が登場。

さらにク穴から長女愛子（二十六歳）が。

四人の奇妙な会話から、出がここを淫売宿とみなし、母親はなは店のママ、妹愛子は店の女、父親善一郎は愛子の客と思っていること、そして、家族はその妄想にあわせ淫売宿ごっこをしていることが、徐々に明らかになります。

時々、誰かがうっかり地金《じがね》をさらすと、出は、彼等が家族ごっこをしていると責める。

その最中に、次男敬二（二十歳）が結婚する予定の西川めぐみ（二十歳）を伴って帰宅する。次男は〈ごっこ〉に乗り切れない。出はめぐみを淫売宿のママが新しく雇い入れた娘だと思う。

出は警官に頭部を強打されたことがあります。明記されていないが、六〇年代後半の大学紛争に際してのことらしい。学生側は火炎瓶、ゲバ棒、投石を武器とし、機動隊はジュラルミンの楯、催涙弾を装塡したガス銃、強烈な放水などで応じました。

異状を呈するようになった長男を精神病院に入れたが、状態が改善されず、父親は彼を家に連れ帰り、治療、社会復帰訓練、リハビリテーションとして、彼の妄想につきあうことにします。

清水邦夫「狂人なおもて往生をとぐ」は、一九六九年に俳優座で上演され、七〇年に本作と他二本をおさめた戯曲集が刊行されています。当時の風潮が厳しく反映された作です。

〈愛子　でも、日本のパパとママは、ことの外、親孝行という甘い囁きが好き。

（略）

善一郎　然り。世の親達と国家の楽しい教育ごっこ。つまり服従精神を呼び起こすことによって、ごっこにさり気なくルールと秩序をてこ入れしようって魂胆さ。日本古来の美徳である家族制度の復活から国家権力に対する服従精神の復活！〉

この時点より十年前、教科書の編集委員もつとめていた善一郎は、道徳教育の復活に反対したのでした。〈戦時中のあやまちを二度とくり返したくない。一介の教師としての、ささやかな贖罪の意味をこめて〉しかし、十五人の教授のうち道徳教育復活に反対したのは彼一人だけ。孤立した彼は学部長の選出に落選し、教科書の編集委員の役職も失います。

ノイローゼという言葉は今はあまり使われなくなったようですが、彼はそれに陥ります。〈わたしはひどく疲れていた。なにが起ったのかわからない。気がついた時、傍の可愛い女学生が、わたしの手をつかんで叫んでいた。この人、ひどいんです。さっきからわたしに触るんです。痴漢です……嫌い！〉

その後に続く一家心中。

高い教育を受けていないのをいささか引け目に思ってはいるけれど根は健全で、大学教授の身内になることを嬉しがる俗っぽさも持った西川めぐみには、善一郎の痴漢行為がなぜ一家心中にまでなるのか、理解できない。

これから敬二と結婚しようというめぐみに、君たちの未来図でもあるのだと出は言い、〈ごっこ〉として、自分が父親の役をやり、愛子に母親役、父と母に長男と長女の役をそれぞれ割り振り、場面を再現しようとします。

長男は父親の言葉を喋り、父親は当時の長男の言葉を喋る。あおざめて帰宅した父は紅茶を淹れ、妻と長女、長男に配る。次男の敬二は、そのとき十歳。学習塾から帰宅したら、家族が嘔吐し苦しんでいる。驚いて医者に報せ、一家心中は未遂となった。

〈ごっこ〉と十年後の現実が入り交じる中で、敬二は哀願します。〈パパは間違えたんだ。砂糖と入れ間違えたんだろう！　はっきりしてくれ！〉

父の役をする長男は言い放ちます。〈黙れ！　俺がつくった子どもだ。生かすも殺すも俺の自由だ。〉長男は、それが父善一郎の本音だと見抜いている。善一郎は、家族制度の復活は国家権力に対する服従精神の復活に繫がる、と言いながら、自分の醜行による死に家族を巻き込む。

〈愛子　だから、日本に一家心中が多いのよ。可愛いからこそ、わが子は道連れ……〉

〈愛子　太平洋戦争中、アメリカ政府は志願兵募集のパンフレットに、こんなキャッチフレーズを使ったそうよ。世界で最も哀れな日本国民を救え！　日本は貧困のために今でも子どもを殺す習慣を持っている。〉

話が逸れますが、六十何年か前私の育児時期、メディアなどは盛んに「自立」を強調しました。英米諸国に比して、日本人は「家族べったり」でありすぎる。ことに女性の自立心が欠乏している。母親はさっさと子離れをしなくてはいけない。アメリカなどでは、子供は早いうちから自立している。子供には早くから独立した部屋を与えよと言われるようになったのもその頃でした。理想論と現実は一致しない。私は幼い子供に淋しい思いをさせたと、今になって、ようやく気づきました。ところが、いつごろからかまた「家族の絆」が強調されるようになった。負いきれない重荷で雁字搦めにされるのは娘の世代です。日常生活を普通に営めなくなった者の介助、介護は、専門家でなくてはできません。数年間、症状が悪化する夫の排泄の世話に明け暮れた――娘の助けも借りて――体験から断言します。為政者がどれほど情緒的な絆を強調しても、無理です。逸れすぎた。軌道修正。

善一郎は教育方針として、〈個を確立せよ。背骨のある人間たれ〉を掲げてきたのですが、空々しい理想論は結実しない。ごった煮みたいに行き交う会話。父（役ではない、本当の）は言います。〈冷静に話し合おう。話し合いのルールを守ろう。〉だが、父親は何を話し合うべきか、わからない。内容はなく、ただ、ルールを、とのみ主張する。

騒々しく混乱した〈ごっこ〉は、やがて、〈規律・秩序を逸脱し狂気の中で生きる子供たち〉と、〈秩序の中で泥酔する父親と絶望しながら秩序の中にいる母親〉に二分されます。圧制的な秩序から脱出するには狂う以外になかった。長男と長女は世間の則を無視して愛しあい、次男は婚約者を不条理な思考に基づいて殺した……らしい。三人は、朝の光溢れる窓に消えてゆく。なにか得体の知れない生き物たちを追って。父と母は残る。母はのろのろとあたりを片付け、父は新聞を読む。

〈はな　パパ、わたし死にたい……

善一郎　……しかし、もう死ねない……わたし達は、自殺には免疫性を持ってしまった。〉秩序、規律がなくては、社会は成り立たない。秩序は〈大人〉が作る。しかし、それは権力を作り出し支配関係を生みもする。

牧野修『万博聖戦』で、中学生のサドルは同級の友人シトに言います。〈きちんとルールが守られる優等生の世界を作るには、ルールを作るわずかな人間と、ルールがあれば必ずそれに従っちゃうその他大勢が必要なんだ。そういった人間を作り出すのが人類簡易奴隷化計画だよ。〉

大人が理想とする子供像は、〈優等生〉です。腕白だったり脱線したりしても、大人が規制した枠の範囲内なら許容される。自作の話になりますが、ナチスの若い武装SS隊員を主人公に長篇を書いたことがあります。彼はまさに優等生で、何の疑問も持つことなく指導者に従い、敗戦後、民間人を殺害した（無実ですが）戦争犯罪人として処刑されます。ルールがあればそれに従うその他大勢の一人です。同じ時代を書いた佐藤亜紀さんの『スウィングしなけりゃ意味がない』のエディは、正反対です。ブルジョアの息子で、国家が何を命じようと、自分の享楽を捨てない。「白薔薇」のように主義・思想に殉じることも拒む。あくまでも「個」でありとおす。国家社会主義のための事業に資本主義の手法を持ち込む。心身を磨り減らしながら、「個」でありつづける。傑出した着眼に、傑出したスタイルを持たせた凄みのある小説です。読者の称賛の声は高い。読み継がれてほしい。

『万博聖戦』も、社会の規制と個の自由の対立に焦点をあてています。オトナとコドモの闘争。オトナ人間なる存在は人間に憑依して、少しずつオトナ——ルールに従う奴隷——に変えてゆく。それに気づいたサドルとシト、その友達である少女が、オトナ人間に憑依された大人たちに抵抗する。一九七〇年の大阪万博がオトナ人間とコドモ軍（三人）の決戦場になります。世界を作る最小の単位。その組み替え。その隙間に存在するもの。作者はそれらを駆使して、一九七〇年と近未来二〇三七年の二つの万博を連結させます。未来が過去に影響を及ぼす。リリカルで哀切なラストです。子供はいつ大人になるのか。大人になることを拒否したら、どうなるのか……。

066 『洪水』 フィリップ・フォレスト

この稿を記している今日は、二〇二一年――令和三年――三月十五日です。首都圏四都県では、二度目の緊急事態宣言が、予定どおりなら二十一日に解除になります。感染者数は猛烈であった時期よりは減少してきていますが、目下、去年の四月七日に発令され五月二十五日に解除になった第一回の宣言期間中の最高とほぼ同じ数字で横這いです。けっして安心できる状態ではない。この稿が掲載されるのは何ヵ月か先ですから、その頃どうなっているのか素人の私には皆目わかりません。

〈それはまるで伝染病だった。〉というフレーズで、『洪水』は始まります。二〇一六年に、この書は刊行されています。パンデミックの兆しさえないころでした。しかし、邦訳が出版されたのは去年の十月。澤田直氏、小黒昌文氏によって訳されているのですが、澤田氏は訳者あとがきに記しておられます。〈伝染病が我が身に迫る危機となったのは、本書の翻訳を進めていた在外研究の最後のころ、フランスでも新型コロナウイルスの被害者の数が日々増えていった、二〇二〇年の二月のことだった。それは、単なる偶然とは思えない。〉

「伝染病」は本作にあっては比喩であって、ペストやコレラの蔓延を題材にした作ではありません。〈この病《やまい》——仮にそんな言葉が当てはまるとして——は秘密裡《ひみつり》に猛威を振るう。ある意味で、病そのものが秘密なのだ。いつ感染が始まったのかは誰にも分からない。そしていまでは収束したと言いきることも、誰にもできない。始まりや終わりがあったのかさえ疑わしい。〉

場所はパリなのですが、〈都市の名前を伏せたフォレストの一番の狙いは、物語の舞台を特定の文脈に縛り付けず、そこに普遍的な（ほとんど神話的な）価値を与えることにある。〉（訳者の一人小黒昌文氏による解説）

〈わたし〉は、すべてが終わり新しい状況が始まってから、当時を回顧します。生地を離れ世界の各地を旅した〈わたし〉は、ささやかな蓄えもでき、故郷に戻ってきたのでした。幼少期を過ごした地区は地価が高騰しており、〈この大都会でもっとも味気ない地区のひとつにささやかな住居を手に入れた。〉〈自分の家、自分の街、自分の国と再会できると信じていたのに、それはまるで新たな異国暮らしだった。〉〈気が滅入るほど陰気で、まるで魅力がない〉場所でした。街でもっとも低いそこは、漏斗のように〈万有引力の法則に従って滴り落ちてくる、世界のあらゆる身体的、精神的な苦悩を受け止めているのだとしても何ひとつ驚くことはない。〉飢え、貧困、弾圧、徹底的な大量殺戮。異国から、それらを逃れてきた人々や、移民労働者、路上生活者たちが、多く集まっています。

〈わたし〉はアパルトマンの最上階に居をさだめます。

これらのことは写実的に記されるのですが、事象の表面を綴るのではなく、作者は事象をくるりと裏返して内側を表面にし、その状態が記述されているという印象を私は持ち、それゆえに惹かれました。

中庭の奥に小さい建物があり、ピアノの音が始終流れています。

それは、〈わたし〉にとってひとつの〈徴〉でした。

もう一つの〈徴〉は、深夜から明け方にかけて、隣のアパルトマンの窓にいつも煌々と明かりが灯っていることです。同じ階なのですが建物がL字型なので、こちらの窓から見ることができます。見える位置にあります。〈常に厚手のカーテンが引かれていて、なかはまったく見えず〉その住人が何をしているのか、わからない。〈わたし〉のもとに、一匹の猫がしばしば訪れてくるようになります。その猫が、ある日を境に、忽然と姿を消してしまった。

〈失うものが何であれ、ある存在や事物が消えると、それとともにすべてを失ったかのような奇妙な感覚をひとは覚える。おそらくずっと以前から欠けていた誰か、あるいは何かの不在が、新たな欠如をこうむるたびに想い出されるからだろう。〉

〈世界にひとつの穴が穿たれていて、そこを通り抜けてきた猫が、どこともしれぬところへと去ってゆく。その穴はしっかり編み込まれた現実の織物に作られたごく小さなかぎ裂きにすぎないが、織り目の摩耗を知らせていて、そこを端緒として仮象の布地全体が引き裂かれ、擦り切れ、ずたずたになり、ぼろ屑になりさがってしまいかねない。〉

〈わたしは世界を異なる目で見はじめ、そこではすべてがどれほど不確実であるかを推

し量るようになった。〉
不確実な世界。それこそ、今、私たちが強烈に体感していることだと思います。
彼の住む地区で、火災が起きます。火元は移民労働者のための住居棟でした。〈わたしたちは建物が燃えるのを見つめていた。火の手があまりに力強く、揺るぎなかったので、建物は、不条理にも自らを焼き尽くすことを務めとした工場のように見えた。（略）それは虚無を原動力とする工場のようなものであり、（略）天地万物がそうした破壊に身を委ねているのだ。〉
〈現実以上に非現実的なものはない。現実には、にわかに信じがたいところがある。そして現実が明らかになったとき、それが現実だと分かるのは、まさしくその点においてなのだ。（略）すべてが偽りに見える。そしてそれは、すべてが真実だからだ。〉
火災をきっかけに、〈わたし〉はピアノの女、そうしてそれまで姿を見ることのなかった隣の窓の男と知り合います。
〈わたし〉は、二人の住まいをかわるがわる訪れ、話をかわします。
「伝染病」という言葉を使い始めたのは、彼か。〈わたし〉か。〈「伝染病」は、わたしたちが話してきたあの現象、つまり誰も気づかないうちに、だが、衆人の目の前で世界が次第に消えてゆき、誰も何も知らない虚無のなかに、それまでその世界に生きてきた者たちを飲み込んでいったあの現象を指すようになっていた。〉

〈無、それこそが世界の究極の姿、と彼は言った。〉

〈わたしは二人に魅了されていた。まるで二人の精霊——良き精霊と悪しき精霊——が、完全にわたしを支配してしまっているかのように。なによりも奇妙だったのは、ときおり、どちらが善でどちらが悪なのか見当がつかなくなったことだ。わたしの足元には、巨大な虚空が口を開けていた。その虚空が及ぼす引力に抗えるとは断言できないままに、わたしはそのうえを浮遊していたのだ。〉

三人に共通したものを〈わたし〉は感じます。〈ある世界から戻ってきたわたしたちはそこでの記憶をすべて失って（略）自分の場所を取り戻したはずの世界で本当に生きてゆくには不向きな存在になっている。〉

うまれたときから日蝕だった
血走った片眼の太陽だった

　唇を押へて生きてきたんだ

　中井英夫の「弔歌第三番——われを弔ふうた」の一節です。外界と己のあいだに埋めようのない歪み軋みをおぼえる、その感覚は〈わたし〉のそれと通底すると思えます。

〈ときおりわたしは感じた。彼が「伝染病」と名付けているものは、他の人びとが、この消えゆく社会の運命に烙印を押そうとして、ありふれた表現で「デカダンス」とか「凋落」と呼ぶものだ〉

〈無、それこそが世界の究極の姿、と彼は言った。〉

　無。ピアノの女は、突然失踪します。窓の男も、時を同じくして消える。

　おそらく、あの「伝染病」が世界とそこに生きる者たちを次第に飲み込むのだ、と〈わたし〉は思います。

　現実に、大洪水が始まります。すべてを水に沈めてゆく。〈大気そのものがもはや水でしかなく、都市全体が水浸しになっていた。〉

　街の大部分が水中に没する。これまで文中、しばしば「虚無」が言及されてきました。無辺際の虚無を、作者は「洪水」という形で可視化させたのではないか。誤読かもしれませんが。

〈ひとはありえないことにさえ慣れてしまう。〉

パンデミックにも、人は慣れてしまう。その中で、確実に人は死んでいる。やがて疫病がおさまれば痛切な一人一人の死は、ただの数字になってしまう——戦争も、その死者も、亦……。

067

『まずしい子らのクリスマス』
エルンスト・ヴィーヘルト

『ヴィーヘルト童話集』全三巻の第一巻『まずしい子らのクリスマス』が白水社から刊行されたのは、一九六二年でした。当時小学生だった娘のために買ったのですが、私のほうが魅力にとらえられ「大好きな本」の一つになりました。十一篇の童話が載っています。昔ながらのメルヘンの形態を一応とっていますが、どの話も、重く、暗く、そして綺麗で哀しい——度を超えて——。娘は苦手だったらしいのですが、母親のために保存しておいてくれました。

〈むかし、ひとりの年とった羊飼いがおりました。この羊飼いには三人のむすこがありましたが、上のふたりははたらき者で、世間でりっぱな人物になることばかりを心がけていました。ところが末の子は、いつも夢みがちに笛を吹いているばかりで、手にいれたわずかなお金もすぐにつかいはたしてしまうのんき者でした。〉(「死んだ子どもたちのパン」)

メルヘンによくある設定です。末息子は、たいがいの場合、兄たちができなかった難題を突破して、お姫様と結婚したりする。

ヴィーヘルトの童話は、そうはならない。兄たちは家を出て、商人として成功し、豊かに暮らしている。父親が死に、一人になった末の子は、のんびり旅をしながら祝宴などで笛を吹き、どうにかパンを得ていたけれど、その仕事もなくて空腹でたまらないある日の夜、死んだ子どもを埋めた墓に、母親がパンと水をみたした壺を置くのを見ます。死者が天国に行くために食べ物と飲み物を必要とする。それを知りながら、空腹を満たすために末の子は死んだ子どものパンを食べ、水を飲んでしまう。その後も時々くり返す。〈このパンの中には特別な力がこもっていて、この世のものはすべてもう必要としない、死んだ子どものあわれなたましいにとってと同じように、父もなければふるさともないかれにとっても、このうえなくぴったりしたたべもののように思われるのでした。〉

彼の行為は悪魔につけこまれます。老いた小人のなりをした悪魔があらわれ、彼に言います。子どもが死んだら、お前がどこにいようと鐘の音が聞こえるようにする。墓に行ってパンを食べろ。ためらう末の子に、そうすれば子どもたちの魂は私のところにきて、たいそうあたたかい家とあたたかい食べ物を得ることができる、自分はあたたかさの父と呼ばれている、と説得し、魂が百人に達したら、引き替えに金貨を与えると約します。そのときから、彼の人生は暗いものになります。それまで彼を呼ぶのは小鳥たちぐらいだったのに、はるかかなたから鐘の音が呼びかけてくる。小人の気配を身近に感じる。首輪をつけて引っ張り回されているみたいだ。約束を取り消したいけれど、小人は姿を見せない。パンを食べるたびに、彼は榛《はしばみ》でつくった杖に刻み目をつけてきました。百番目の刻みをいれた杖にゆっくり触っていると、突然、その刻み目が〈百人の死んだ子どもたちの、かるくひらいた口のような気がしました。〉小人があらわれ、約束どおりずっしりと金貨が詰まった重い財布をよこします。昔住んでいた小屋に戻り、荒れ果てた小屋のそばに屋敷を建て住むことにします。大勢の人が自ずと訪れ、たいそう賑やかになる。〈けれども、客たちが愉快に浮かれさわげばさわぐほど、この美しいやしきの主人はじっとおしだまるばかりでした。〉彼は毎晩、小さいパンを百ならべ、それぞれのわきに泉の水をみたし小さい壺をひとつずつおくのでした。

金貨を使い果たした彼は、小人に教えられていたフレーズを唱え、再び金貨を手にします。死んだ子どもたちへのパンを購うためであったのですが、フレーズは彼の願いとは矛盾したものです。

突然、すべての蠟燭が燃え上がり、子どもたちが手を取り合い、進んできました。子どもたちはみな目を閉じていました。盲人のように。おずおずと手をのべて、子どもたちは言います。ぼくたちのパンをちょうだい。〈「さあ、取りたまえ！」〉ずっと前から、君たちのために毎日新しいのを用意していた、と、いそいそとして彼はパンを差し出すのですが、子どもたちは悲しそうに首を振ります。〈「これはぼくたちのパンじゃない。これはぼくたちのつぼじゃない。だってぼくたちのおかあさんは、パンを涙でぬらしてくれ、つぼの水に涙をまぜてくれたんだ。」〉子どもが悲しそうに手をひっこめたとき、〈かれは小さなパンの上に顔を伏せてはげしく泣きました。〉彼の涙に濡れたパンと涙がこぼれ溶けた水の壺を抱いて、子どもたちは目を開け、「天国に行くんだよ」と嬉しそうに叫び、去って行きます。
翌朝、召使いたちが目にしたのは、椅子に腰掛けたまま死んでいる主人でした。その髪は真っ白になり、その顔は〈夜のあいだに天使がやって来て、かがやく手でそっとさわったかのようでした。〉
王子が白鳥に変えられる話はグリムにもアンデルセンにもありますが――どちらも同じデンマークの伝承をもとにしているそうです――ヴィーヘルトの「七人のむすこたち」は、王子ではなく、寡婦の母親とともに住み、畑仕事や漁に精を出す健やかな若者たちです。末の息子だけが弱々しく夢見がちなのですが、兄たちに可愛がられていました。漁のための新しい小舟を息子たちが楽しげに作るさまを、糸を紡ぎながら眺め、母親がこの上なく倖せな気持ちになっているとき、見知らぬ老婆が歩み寄ってきます。〈（略）目つきにも意地悪そうな光はなく、ただ大きな、静かな悲しみが、たたえられているのでした。〉
何を紡いでいるのかと訊ねられ、息子たちの肌着をつくるのですと母親が答えると、一人に一着ずつ、足が隠れるほど長いのをお作り、と女は言います。そんなに長いのは死者に着せる経帷子だけです。老婆は息子たちの死を予告し、贈り物をくれたりするのですが、紙数が足りないのでそのあたりは省略します。やがて、国王が隣国と戦争を始め、すべての男や若者に、武器を取って集まれと命令がくだります。上の三人の息子たちがまず、勇んで召集に応じます。

三人は戦死する。〈母は、墓穴の上のはしにすわりこんだまま、一日一晩、動こうとしませんでした。〉戦は続き、残る三人の息子も、王に呼び出され、戦死します。母と末の息子は、〈かれらを墓にほうむり、赤い傷の上に白い砂をかぶせるのでした。〉

さらに戦は続き、末の息子も召集されます。母は王宮に行き、王を難詰しますが、王は歯牙にもかけない。呪いの言葉を吐き、王宮を去った母親は、死の戦場に向かう末の息子を見送った後、死神のいる洞窟を訪れます。〈骨ばかりの手でやせこけた頭をささえて、いかにもつかれきったようすで、死神がベッドの上にすわりながら、かずかぎりなく燃える広間のともしびを、悲しそうにながめていたのです。〉

蠟燭と死神と寿命の話もグリムにあります。古いドイツ映画にも、くたびれ果てた哀しい死神と蠟燭の話がありました。明治維新後、ヨーロッパの文化がなだれ込んできて、それを日本化しているとき、蠟燭と死神の話は落語になりました。

母親は目にします。少し張り出した岩壁の上に、大きい明るい蠟燭、その隣に、いまにも消えそうな小さい蠟燭、そのわきに、火の消えた六本の蠟燭。母親は自分のいのちを示す大きい蠟燭の蠟を小さい蠟燭に足してやろうとしたのですが、うまくいかない。大きい蠟燭の焰を消そうとする母親の手を、死神はとめます。〈おまえさんは、わしを主人と思っているのだろうが、じつはわしは、召使いにすぎない。〉定めを変えることはできない。

末の子に会える場所を、死神は母親に教えます。三本のリンデの樹が立つ丘。〈足もとの都は火につつまれ、戦いの音がそこからひびいてきました。〉リンデの木陰に末息子の体は横たわっていました。母親は息子の頭を膝にのせます。はげしい怒りを示す仕草を一度してから、六人の兄たちの墓のあるところにむくろを運びます。七つ目の墓穴は、自分の死を予想した末息子によってすでに掘られていました。家に帰った母親は、戸口の前の椅子に腰掛けます。そのとき竪琴のような音が聞こえ、夕焼け空の中を、七羽の白鳥が舞うのを見ます。東の空に姿を消した後も銀の翼の羽音は漂い残ります。

〈母は青ざめたくちびるに微笑を浮かべ（略）自分の経かたびらをつむぎはじめるのでした。〉

ドイツの作家エルンスト・ヴィーヘルトは、一八八七年に生まれ、没したのは一九五〇年。二つの大戦を生きています。ナチに反対したため、一九三八年、二ヵ月にわたり強制収容所に入れられ、出所後も自由な活動を許されませんでした。四十篇の童話をあらわしましたが、そのすべては一九四四年の冬から四五年の春にかけて、つまり、敗戦間近の、ドイツがもっとも悲惨な状況にあったときに書かれています。訳者川村二郎先生が「訳者のことば」に記しておられるように〈暗い世界の中で明るい光をもとめる心のうったえが、痛ましいほどありありと〉感じられます。彼の作品は、ドイツにおいて今はあまり高く評価されていないそうです。その理由は現実の社会を書かず、心にうつるものばかりを描いているためだろうと川村先生は記しておられます。しかし、と先生は続けられます。童話の形を取ることで、心の問題を、時間や空間と直接関係のない世界で、〈いわば、生まれたばかりの形であつかうことができるわけです。〉

068

『エルサレム』

ゴンサロ・M・タヴァレス

久しぶりに、ラストで顎を下から突き上げられたような感覚をおぼえました。そうなのか。こういうラストなのか。何か気持ちが浄化されるようでした。

宗教についても神についても、特別強調されているわけではないのですが、「エルサレムよ、もしも、わたしがあなたを忘れるなら、わたしの右手はなえるがよい」旧約聖書の詩篇の一節があらわれること、ミリアが頸にいつも十字架を下げていること、などに、揺曳する神への希求を感じます。詩篇はときに、「ゲオルグ・ローゼンベルクよ、もしも、わたしがあなたを忘れるなら、わたしの右手はなえるがよい」と言い換えられます。ゲオルグ・ローゼンベルクは、ミリアが入院させられた精神病院の名です。

最後に、彼女が立つのが、早暁、まだ扉を閉ざしている教会の前であることが、鮮明に痛切に、靄が晴れるように、すべてを理解させます。

その一つ前の章では、彼女がその後、どういう環境でどのように暮らしているかが、描かれています。

本書を読みながら、断片的な章をアトランダムに並べたような構成が面白いなと思っていたのです。人にはそれぞれ、生の時間があります。数人の〈時〉を幾つかの断片に切り分け、カードを切るように混ぜ合わせ、一枚ずつ並べていく。初めは何を意味するのかわからない短い文章が次第に連携され、人物の関連が明瞭になる。ジグソーパズルが次第に全体像をあらわしてゆくような興味もあります。カードの並べ方は恣意的なものではなく、緻密に考えられている。こういう構成は、これが初めてではないし、冒頭とラストが一つに結びつき全体が見渡せるのだろうと推察もできます。

が、本作の真髄は、それがメインじゃなかった。

この稿を綴っている現在は、令和三年五月下旬です。5月20日初版印刷、5月30日初版発行と奥付にある本書は、書店の海外文学の棚に並んだばかり。ですから、内容には極力触れないようにしなくては。人物の関係も、読者が自ら読み解いていく興味を奪わないようにと、心しながら綴ります。

読者の傾向として、感情移入ができる登場人物を求めがちです。しかし、そういう隙を、本書の人物たちは与えない。それぞれ、肉体的にあるいは精神的に歪《ひず》みを持っています――もっとも、歪みをまったく持たない完全に正しい人間は存在しないと思いますが――。

ミリアは十八歳の時、彼女を診察すべく訪れた精神科医師テオドール・ブスベックに、自分は統合失調症だと言います。家族もそれを認めている。魂が見える。そう口にするミリアをテオドールは暴力的に美しいと思う。二年と経たぬうちに、二人は結婚します。そして、八年後に、テオドールはミリアをゲオルグ・ローゼンベルク精神病院に入院させます。

テオドールは、エネルギッシュな人物で、二つの仕事に熱中しています。一つは医師として病院に勤務し、患者を救う。もう一つは、〈歴史に残る虐殺事件をつぶさに調べ「歴史の健康状態」を示すグラフの作成に没頭〉（訳者あとがき）することです。テオドールは、自分の研究の成果を恐れてもいます。〈歴史の病んだ部分を理解するようになり、恐怖という生きものの頭の内部に入り、それと対話をすることができるようになったら、その次にはどうしたらいいのだろう?〉テオドールは、健康的な人間は神を求める、と確信しています。逆に言えば、〈神を求めぬ人間は異常である……そして、異常な人間には治療が必要だ、と。〉

ミリアが入院させられたゲオルグ・ローゼンベルク病院の院長ゴンペルツは、〈狂気と不道徳には関連性があると考えていた。(略)それだけではない。道徳的な行ないをしても、不道徳な考えを持つ者は、やはり狂人であると信じているのだ。とすると、狂気とは道徳がすっぽりとぬけ落ちている状態のこととなる。一過性のもの、偶発的なものであれば治癒は可能だ。だが、それが確とした不滅のものであれば、治癒はできない。〉それゆえ、院長ゴンペルツは、しばしば患者に質問します。〈今、何を考えているんだね?〉さらにこう訊ねもします。〈きみ、自分が何を考えるべきかわかっているのかね?〉

エルンスト・スペングラーは、ゲオルグ・ローゼンベルク精神病院の患者の一人です。統合失調症とされています。肉体的にも脆弱で普通に歩行できない。

戦争からの帰還者で、常に恐怖が意識に貼りついているヒンネルク。〈ヒンネルクには一つのことが明確になった（略）人間はほかの人間を食べることができる（略）生き残るためであれば。〉

稼いだ金の一部をヒンネルクのテーブルの上に置くのを常とする娼婦のハンナ。ヒンネルクは外に出る前に、金をズボンのポケットに突っ込みます。〈この金は彼のものではない。彼なのだ。〉

そして、宿命的に孤独な、身体虚弱な少年カース。

テオドールは息子を学校に送り届けてから立ち寄った図書館で、一冊の書物を手にとります。タイトルは『ヨーロッパ02』。

不条理なことが断片的に記されています。その中の幾つかを、略しながらここに引きます。○過ちを犯した人間は、追放され、箱に閉じこめられる。外にいる人間には箱しか見えないが、中の者には、外のすべてが見える。あまりにも箱の数が多いので、だれも注意を払わない。○彼らが決めた規律にきみがことごとく従っていたとしても、いずれ彼らは短い法律文書を持ってくる。そのとき、きみは悟る。自分は死ぬのだと。だれも反抗しない。○診察は公共の場で行われる。○彼らは決してきみに触れない。病気は診察道具の先端を介して感染する。○彼らはただ怖がらせるだけの時もある。皮膚に切れ目を入れ、それを閉じる。違う場合もある。皮膚をわずかに切開する。道具できみに触れる。○毎日あいさつを交わしていた人が突然姿を消す。どこにいるのかを知るすべはない。○彼らは奇妙な病気の罹患者を追跡している。罹患者は、もはや病人ではなくなり、犯罪者として扱われる。

『エルサレム』は二〇〇五年——現在から十六年前——にポルトガルで刊行されました。訳者あとがきによれば、高い評価を受け、ポルトガル語圏の重要な文学賞を次々に受賞。未来を予言するかのようだと、当時評されたそうです。そして今、この未来のディストピアが、現実となっています。

日本は疫病の第四波に襲われ、変種ウイルスまでひろがり、東京は第三次緊急事態宣言下というのに、七月のオリンピックは強引に開催されようとしています。宣言期間はさらに延長され、六月二十日までとなりました。オリンピック開催時から逆算しての期日のようです。

ＩＯＣ会長の発言。アスリートのオリンピックの夢を叶えるために我々はいくらかの犠牲を払わねばならない。

同最古参の委員曰く。日本の首相が中止を求めても開催される。安全は誰も保証できない。

アスリートは、新型コロナウイルスや猛暑による健康被害のリスクは自己責任とする同意書をＩＯＣに提出することを義務づけられる。

アメリカ政府は日本は危険な状態にあるとして自国民に渡航中止を勧告し、それでも五輪関係者は別枠だとして中止対象にならず、代々木公園の木々は禁断のはずの密《みつ》状態を作り出すために剪定されようとしています。

小文が掲載されるころには、行政が理性と常識を取り戻し（もともと無いものは取り戻せませんが）、中止となっていることを、多くの方々と同様に、切に願います。

仮に、オリンピックによって疫病が広がることはなく収束したとしても、行政が、住民の願望を無視し、政策を強行してもかまわないのだという悪《あ》しき先例となるでしょう。私がこの場で言うことではないのですが……この度の辺境図書館の連載は、コロナと同時進行なので、つい、そちらに目が向きます。

あとがきには、訳者木下眞穂氏の熱意がこもっています。本邦ではこの作者の訳書は本書が初めてのようです。他の作の訳出も、楽しみに待ちます。

069

「ある訪問」シャーリイ・ジャクスン
『気になる部分』岸本佐知子

〈お茶でもいかがと　コニーの誘い
毒入りなのねと　メリキャット〉

シャーリイ・ジャクスンの『ずっとお城で暮らしてる』の中の一節が、ときおり不意によみがえります。口調がいいからかな。

一九六〇年以降、早川書房から『異色作家短篇集』全十八巻が刊行されたとき、ずいぶん話題になりました。「特別料理」といえばあれの肉を指すのが、共通認識となったのも、スタンリイ・エリンの短篇集のおかげです。ジャック・フィニイ、ロアルド・ダール、レイ・ブラッドベリ、フレドリック・ブラウン、シオドア・スタージョン、ジョン・コリア……と「異色作家」が並び、壮観でした。

なかでも、シャーリイ・ジャクスンの「くじ」は衝撃的でした。十数年前、『ずっとお城で……』の新訳が出、『処刑人』『鳥の巣』『日時計』などがたてつづけに刊行されたので、新たにジャクスンのファンになった方も多いと思います。「くじ」の好評をうけてでしょう、一九七三年、短篇集『こちらへいらっしゃい』が、早川書房から刊行されました。「ある訪問」は、その中の一篇です。

『こちらへ……』は、復刊されておらず、今入手しにくい本だと思うので、「ある訪問」の内容を最後までばらします。他にも十三本の短篇と講演録三本、遺作となった未完の長篇（表題作）、そうして名作「くじ」も載っていますから、一作だけ犠牲にします。特異な大事件は起きないのに、じわじわと恐怖が滲む短篇です。

マーガレットは、女子の学校の寄宿舎で親しくなったカーラに誘われて、彼女の家に泊まりがけで遊びに行くことになりました。〈その家は、それじたい彼女のまだ見たこともないほどすばらしく思えた。公園と川とみどりしたたる丘にかこまれた〉台地に超然と建っているのでした。

華麗な邸内で、マーガレットはカーラの母にやさしく迎え入れられます。この夫人はいつも刺繍にいそしんでいる。幾つもの部屋の内部が、ことさら怪奇的に描写されているわけではないのに、マーガレットの心に――そうして読者にも――かすかな不安を与えます。ある部屋は、金《きん》ずくめ。家具の脚は金箔を張り、小型の椅子は金襴、背もたれも金泥塗り。次の間は両側の壁が鏡です。合わせ鏡は、像を幾重にも奥深く映し、自分の居場所を混乱させます。どの部屋にもタピスリーが飾られ、そのどれもがこの邸宅の風景を縫いとったものでした。

最上階の窓からは、灰色の石の塔と、下の大地、遠くに川も見渡せます。

晩餐にはカーラの父も同席し、みな、マーガレットにあたたかく接します。会話では始終、目下不在の〈兄〉が話題になります。〈「兄が帰ってきたら、このうちがどんなに活気づくか、あなたにもわかるわよ」〉

その後、「壁画の部屋」と「タイルの部屋」に案内されます。八面の部屋の壁にはそれぞれ美しい壁画が描かれている。その隣が「タイルの部屋」です。一方が全面ガラス張りのポーチのようになっている。床に嵌めこまれたタイルは、この家の絵になっています。建物に使われたのと同じ材料が用いられている。小さい窓はガラスのタイルであり、石の塔には灰色の石のかけらが使われ、煙突の煉瓦は煉瓦のかけらでできているのでした。
　マーガレットは、床の一部に、タイルを嵌めこんで描いた少女の顔を見出します。〈青いかけらの目と、赤いかけらの口で、床から無表情にこちらを見つめており〉不揃いな石のかけらを嵌めこんで文字が記されています。〈「恋に死せるマーガレット、ここに眠る」〉
　カーラの兄が友人である大尉と連れだって帰宅します。いっしょにピクニックをしたり、楽しい日が続きます。兄はマーガレットに、ポールと名乗ります。
　マーガレットはある日、好奇心を抑えきれなくなって、塔に上ります。住んでいるのは、伯母ということになっている老婦人。言動がなんとなく不可解。マーガレットが自己紹介し、老婦人の名前も同じであることを知ります。話は帰宅した兄のことに及びます。老婦人は言います。〈「あの子はもっとはやく来て、もっとはやく去るべきだったんですよ」（略）「そうすればこんなことはみんな忘れてしまえたのに」〉マーガレットが意味を訊ねても、老婦人は同じ言葉をくり返すだけです。開け放された窓から激しい雨が降り込んでくる。風の音と一緒にマーガレットは呼びかける声を聞きます。〈「さよなら、さよなら」〉〈「すべては失われた」〉〈「いつまでもきみのことを覚えているよ」〉〈「帰っておいで、帰っておいで」〉

やがて邸内では舞踏会が行われ、老婦人もひっそり参加し、ポールと何か意味の分からない会話を交わします。

その翌日、ポールと大尉は去って行きます。そのとき、カーラが「お兄さま」と呼びかけたのは、大尉でした。カーラもその両親も、ポールには目を向けない。

マーガレットがこの家を出ることは永遠にない、ということが仄めかされます。

母親は、制作中の刺繡の前景、川の傍の芝生にカーラとマーガレットを入れると言い、カーラは微笑んで言います。〈「つまり静物のモデルになるってわけね」（略）「行きましょうよ、マーガレット、いっしょに来て芝生に坐らない？」〉（傍点筆者）

何十年も前に読んだこの短篇を喫茶店で読み返した後、毎日訪れる書店に行き、棚を見て歩きました。

「永遠のベストセラー　Uブックスが誇る名作たち」という帯を巻いた数冊がちょっと

したフェアのように並び、その中に岸本佐知子さんのエッセイ集『気になる部分』がありました。岸本さんが翻訳される書は、風変わりで面白いものが多いし、あのウラジーミル・ソローキンの『青い脂』（！）を帯で推薦された方だし、そうして、「年金生活」という傑作短篇の作者です。手にとってぱらぱら捲りました。

〈よくやったのは鏡を使った遊びで、手鏡を顎の下あたりに水平にささげ持って、その中を覗きこみながら部屋の中を歩きまわる。〉

ああっ！　同じです。まったく同じです。私も子供のころ、室内なら天井を、庭なら空を、胸の前に捧げた鏡に映して歩きまわるのが好きでした！

これは、エクスクラメーション・マークを三つ四つつけたいです。

レジに持っていって、この頃はレジ袋をくれないからマイバッグにいれて、別の喫茶店に入りました。

自分の好みにひきつけて他の方の著書について語るのは、まして、それをきっかけに自分の追憶にふけるのは、書評や評論であればよろしくないのでしょうが、当図書館長は、開館のときから、横道に逸れたり脱線したり、けしからんことばかりやっています。

岸本さんが、ふいにストーカーに声をかけられたみたいに、不快に思われることが……ありませんようにと、願います。

〈ところどころ、電灯や鴨居がにゅっと地面から上に向かって突き出していて、そこを通るときは、跨ごうとして思わず足がぴょこんと上がってしまうのが面白い。〉

そうでした。私も畳の上を歩きながら、鏡の中の鴨居を跨いでいました。

縄跳びやおはじきのような、子供のあいだでよく知られた遊びではない、一人で思いついたのでした。岸本さんも、鏡の中を歩く面白さを、一人で発見なさったのだと思います。

本書中の別の一篇。

〈子供は利己的で残忍で好色で（略）権力指向で日和見主義で（略）そんな私にとって、幼稚園が修羅場であったことは言うまでもない。〉

同感です。私にとっても、幼稚園は修羅場でした。大人は頼りにならないと知ったのも、付け届けの行き届いた家の子供は、滑り台を占領しても、ほかの子を突き飛ばしても、先生は見て見ぬ振りをする、弱い者は隅っこでいじけているほかはないと知ったのも、幼稚園の時でした。小学生の時、私がもっとも共感を持ったのは『にんじん』でした。

そういう悲惨なことでも、岸本さんは陰湿な気配の全くない表現で記される。ユーモアも、湿気がない。

かさぶたが、松の樹皮みたいにきれいに剝がれると嬉しかったけれど、お湯に溶かすとまた血になるということは思いつかなかったな〜。

「ある訪問」と本書の共通点は「塔」です。

何のことかわからん、けど、興味を持った、という方は、本書の「じっけんアワー」と「ラプンツェル未遂事件」をお読みください。

070

『ネガティブ・ケイパビリティ』

帚木蓬生

『三たびの海峡』『閉鎖病棟』『ヒトラーの防具』『逃亡』『守教』などのすぐれた小説を上梓され極めて高い評価を受けておられる精神科医帚木蓬生氏の『ネガティブ・ケイパビリティ』は、二〇一七年の発刊時にも注目され、今年（二〇二一年）の一月には十三刷が刊行され、コロナの時代の今こそ読まれるべき書として話題になっているのですが、私は迂闊にも、今日（七月十八日）、書店の棚で見かけるまで、気がつかずにいました。新聞をとっていないのと、書店では小説と歴史関連書にばかり目がいき、ノンフィクションの棚を見ることが少ないせいでしょう。内容も世評も知らず、タイトルの意味もわからず、ネガティブの能力という語に惹かれて入手しました。

本書について綴る前に、まず、私自身のことに脱線します。多くの読者にはどうでもいい呟きと自覚していますが、書店でこの本を選び取ったのは、自分自身の根底にあるネガティブな気質を——躊躇しながら言います——許容する言葉が欲しかったのだと思います。他者がどうであろうと、自分の気質は変えられないと居直ればいいものを、ありようを否定されているような気分が消えないのは、半世紀も前に書き出したころから、明るい＝よいこと、昏い＝よろしくないこと、という風潮にさらされていたからでしょう。ことに児童文学と読み物の分野において。

幼時、身の回りの書物や絵画に十九世紀末の頽廃、憂愁、不安をあらわすものが多くはありましたが、健康的で前向きで希望に満ちたもののほうが数においてはるかに勝《まさ》っていました。それゆえ、気質がポジティブであるかネガティブであるかは、他からの影響ではなく生来のものと思います。

四、五十年も前に読み耽ったE・M・シオランの『生誕の災厄』『悪しき造物主』、エーリヒ・フロム『悪について』『愛するということ』、アンソニー・ストー『孤独』、ピカート『沈黙の世界』が今も手元にあります。シオランの主張はタイトルに明瞭です。その対極にあるフロムも、ピカートもストーも、決して安易に悪を踏み越えてはいない。

〈私たちは誰もかれも地獄の底にいる、一瞬一瞬が奇跡である地獄の底に。〉（シオラン）

〈「自虐的」で服従的な姿勢は、その背後に攻撃性の抑圧を含んでいる。〉（ストー）

〈人間は、自己がそこから生じ来たった沈黙の世界と、自己がそこへと入ってゆくところの他の沈黙の世界――即ち死の世界――との中間に生きている。〉（ピカート）

本書に戻ります。

サブタイトルに〈答えの出ない事態に耐える力〉とあります。

本書の冒頭では、ネガティブ・ケイパビリティとは、〈「性急に証明や理由を求めずに、不確実さや不思議さ、懐疑の中にいることができる能力」を意味します〉と記されています。

ネガティブという言葉にそういう意味があるのを初めて知りました。何事も悲観的に否定的にとらえるという意味で、私は使っていたのでした。

帚木氏はこの言葉を、〈精神科医になって五年が過ぎ、六年目にはいった頃〉、医学論文で目にされたのだそうです。

十九世紀の詩人ジョン・キーツの言葉が、この論文に引かれていたそうです。〈兄弟宛ての手紙の中で、キーツはシェイクスピアが「ネガティブ・ケイパビリティ」を有していたと書いている。「それは事実や理由をせっかちに求めず、不確実さや不思議さ、懐疑の中にいられる能力」である。〉

〈この論文ほど心揺さぶられた論考は、古稀に至った今日までありません。〉と著者帚木氏は記しておられますが、本書に、卆呪（＋1）の私も、深く心揺すられたのでした。

さらに著者の言葉を幾つか引きます。

〈能力と言えば、通常は何かを成し遂げる能力を意味しています。しかしここでは、何かを処理して問題解決をする能力ではなく、そういうことをしない能力が推賞されているのです。〉

〈《問題》を性急に措定せず、生半可な意味づけや知識でもって、未解決の問題にせっかちに帳尻を合わせず、宙ぶらりんの状態を持ちこたえるのがネガティブ・ケイパビリ

ティだとしても、実践するのは容易ではありません。〉

〈ヒトの脳には、（略）「分かろう」とする生物としての方向性が備わっている〉目の前に分からない事象があると、脳は、何とか「分かろう」とする。〈世の中でノウハウもの、ハウツーものが歓迎されるのは、そのためです。〉ところが、ここに落とし穴がある。浅いところで分かったつもりになってしまい、〈より高い次元まで発展しない〉あるいは理解が誤る場合もある。

〈私たちは「能力」と言えば、才能や才覚、物事の処理能力を想像〉するし、学校教育や職業教育もこの能力の開発、獲得を目的としている。

ネガティブ・ケイパビリティは、その裏返しの能力だと、本書は記します。〈論理を離れた、どのようにも決められない、宙ぶらりんの状態を回避せず、耐え抜く能力です。〉

脳の仕組みを、たいそうわかりやすい言葉で、医師である著者は語ってくださいます。

素人のあやふやな要約ですが、扁桃体が情動を制御する。帯状回前皮質が情動と動機づけをコントロールする。〈楽観的な人ほど、この二つの器官のつながりは強く、うつ病ではこの二つの働きが異常に低下しています。〉〈楽観的な思考を担う三つ目の器官が、線条体の一部である尾状核です。将来に何かよいことが待っていると、尾状核が率先して脳全体に知らせます。〉

何だか嬉しくなりました。すぐに不安になる私の脳の二つの器官はつながりがあまり強靱ではないんだ。でもこれは先天的なものだから変えようがないので、胸が締めつけられる嫌な感じも、魚の目の痛みなんかと同じ格付けでいいんだ。私の頭蓋の中にも、よい情報を伝達してくれる器官があり、それが働いている。馬の尻尾みたいなものが、不安感、憂鬱感を振り払って落としてくれるイメージが浮かびました（ネットで画像を見たら、全然違う形状でした。記憶を司るのが脳の海馬という程度の知識があった。海馬は生物でいえばタツノオトシゴだけれど、字面《じづら》は波を蹴立てて海を疾駆する白馬みたいです。海馬と尾状核。その二つの言葉からイメージが生じたのでしょう）。

本書について、冷静に客観的に内容を綴るべきなのに、すべて我が身にひきつけてしまうのですが、偽薬効果《プラセボ》についての節も興味深かった。プラセボとは違う体験なのですが、私は医師の処方によって軽い抗うつ剤を出してもらっています。楕円形の白い小さい錠剤です。先日、後発《ジエネリック》医薬品に変更されたら、これが、まるで効かない。成分はまったく同じはずです。元の薬に戻してもらったら効きました。「気のせい」が多分に作用していると思います。後発薬は小さい円形です。気のせいだとわかっていても、楕円形の錠剤に対する信頼感が効果を発しているのだと思います。後発薬が同じ楕円形だったら効いたのかな。

脱線しがちな軌道を修正すべきなのですが、また一ヵ所、我が身にひきつけずにはいられない一節があって、寄り道します。

〈小説を書くのは、まさに暗闇を懐中電灯を持って歩くのと似ています。〉方向は分かっているけれど、どんな道を行くのか、〈分かるのは、懐中電灯の光が及ぶ範囲だけなのです。〉私も、作品の骨組みをまず構築し、肉付けをしていくという手法をとれません。素材を決め、書き出すとき、先行きはほとんど分からない。完成形は宙に存在し、それを手探りで文章にしていく、というふうです。登場人物を創り出すのは作者だけれど、人物は〈自分で動いていくので、作家はそれを追うだけの存在になります。〉私もそう感じながら書いています。人物自身の行動原理が生じ、作者の意のままには行動しなくなります。

著者はこの創作態度を、精神科の治療と類似すると述べておられます。患者さんは、マニュアルの型に嵌めこむことはできない。診断名が同じでも一括りに同じ療法を施すことはできない。〈患者さんへの接し方と、自分が創り出した登場人物への接し方が、瓜二つなのです。〉

昨日、ここまで書いて、寝に就きました。そうして、今朝めざめたとき、胸の奥にいつもある石の塊のような重い感覚が消えているのに気づいたのです。完全に消失したのではなく、二時間ほど経った今、また息苦しさがじわじわと育ち始めているのを感じますが、束の間でも嫌な不安感が消えていたのは嬉しい。馬の尻尾（の形ではないのだけれど）の力が脳内にあると本書で教えていただいたからです。キーツとシェイクスピアと紫式部に関する魅力的な論説が載っているのに、脱線に終始し、言及する紙数がなくなってしまった……。

071

『だれも死なない日』
ジョゼ・サラマーゴ

うう、読まなければよかった。

知らないで過ごせばよかった。

ラストを読まなければ、まだよかった。読んでしまった……。

タイトルを見たとき、私はおろかにも、何か災厄が起きたけれど奇跡的に誰も死なずにすんだ、というふうな内容を漠然と予想したのでした。

こんな、二度と忘れないであろう恐怖をおぼえたのは、これまでの読書経験で、あっただろうか……。

カヴァーの装画は、ちょっと可愛いらしい死神が鵞ペンを持ち、宙を舞う紙に楽しげに踊るようなポーズで何か書こうとしています。少しも怖くない。タイトルの書体もかろやかです――このデザインは、作品の文体とたいそうマッチしていると感じました――。

若い方は、かくべつ恐怖は感じないでしょう。諧謔みがあって面白いと思われることでしょう。ラストも、あのパターンね、で終わるかもしれません。

訳者雨沢泰氏のあとがきに、本書の海外での書評が紹介されています。「才気ある老人の、繰り言による寓話」「深く、心に共鳴し、そのうえ楽しめる」「サラマーゴのなかでももっとも愛すべき一冊」「平凡な本棚を一掃できる万能薬」「愛に出口があることをまた教えてくれる」（↑この評は私には理解できませんでした。）「どちらも名人芸で語られる二部制の物語」などなど。怖いという評はなかった。実際、怪談でも恐怖小説でもありません。私が老いのさなかにあり、死を間近にしているからこその恐怖でしょう。

ある国で、ある大晦日を境に、突然、人がまったく死ななくなる。

ジョナサン・スウィフトの『ガリヴァー旅行記』の一篇に、不死の人々がいる国を訪れる譚があります。国民の全員ではない。少数なのですが、その人々は老いさらばえたまま、永遠に生き続けなくてはならない。彼らは生来、目印になる痣を持っています。不死であることを生まれながらに知っている。若いときは、幸運だと思ったかもしれない。しかし、老い耄《おぼ》れ果てたのにそのまま生きることを強いられる今、彼らが誰よりも嫉妬する相手は、死ぬことができる老人です。子供のころ読んで、大人国より小人国より、印象に残りましたが、怖くはなかった。老いの実態を知らず他人事《ひとごと》だったからです。

訳者あとがきと著者略歴によれば、ジョゼ・サラマーゴは、一九二二年十一月、ポルトガルの寒村で貧農の家に生まれ、職を転々とし、社会時評や詩を書くようになる。一九七五年、政権の圧力で新聞社の職を追われ、専業作家を志す。

そして一九八二年、六十歳の時発表した『修道院回想録』が好評を博し、以後、多彩な作を著し、一九九八年、ノーベル賞を受けました。一九九五年刊行の『白の闇』は、場所は一つの都市に限られているけれど、現在のパンデミックを先取りしたような作です。カレル・チャペックの『白い病』とタイトルが紛らわしいのですが、どちらも突如流行りだした架空の伝染病を核にしています。人々の恐怖と混乱。後手後手にまわる行政。——まさか、それを二〇二〇年以後、現実に体験するとは……。

二〇一〇年、没。享年八十七。

『だれも死なない日』は、二〇〇五年刊行。作者は八十三歳。老いの只中にあって著した作です。

訳者雨沢泰氏があとがきで、簡潔に的確にこの作の特徴をあらわしておられます。引用させていただきます。

〈本書は大胆な発想で知られるポルトガルの作家ジョゼ・サラマーゴが、その晩年、視野にはいった「死」をテーマに、持ち味の想像力と英知、機知、構想力を駆使して書きあげたスリリングな物語です。〉

内容について、帯にかなり立ち入った紹介がありますし、訳者あとがきにも多少記されていますから（私はこれらを読まないで、いきなり本文に突入してしまったのでした）、小文でも帯文の範疇を出ない範囲で言及します。

唐突に、だれも死ななくなった。その混乱が冒頭ユーモラスでスピーディな筆致で、しかも現実味を帯びて、展開されます。

かつて「漫画讀本」（文藝春秋）という雑誌がありました。それに掲載されていた海外のシニカルでブラックな一コマ漫画や「アダムス・ファミリー」を連想しました。

死なないからといって、人生を楽しめるわけじゃない。自動車事故で手の施しようがないほど肉体が破損されても、絶命はしない。ただ、心臓が動きを止めないだけ。超高齢の皇太后陛下は絶命寸前の状態で年を越し、そのまま、とにかく死なない。

死者が出ないことによって、さまざまな問題が生じます。

第一に葬儀社が商売あがったりになる。葬儀業者は政府に陳情します。せめて、ペットなどが死んだときは葬儀社が立派な葬儀を行うことを、法制化し義務づけてほしい。公益事業にひとしい我々の産業を、援助してください。

病院はベッドが空かない。〈すでに死んで不在になっているはずの重病人や激しい交通事故の負傷者も含めて、かつてない数の患者が退院せずにとどまっている。〉厚生大臣に病院側は説明する。廊下にもベッドを置くようにしたが、一週間もしないうちにすべての病室と廊下が埋まり、医療をおこなうための場所を確保するのが困難になるでしょう。それに対し政府が提案したのは、容体が好転する見込みのない患者は、個々の家庭に引き渡す、というのでした。現在の日本におけるコロナ感染者「自宅療養」――「自宅放置」――を彷彿させます。本作がパンデミック発生の十五年前に書かれた作品であることを、あらためて思い返します。

そして老人ホーム。これが身にしみて怖かった。世話を必要とする老人は増える一方なのに、空きが出ない。〈いまは紡錘形で表されている年齢別人口構成比のグラフは、たちまちニシキヘビのように若い世代を呑みこみながら〉大量の老人を表す上側の塊がいつまでも膨らんでいくだろう。何世代もの老人〈視力は衰え、耳も聞こえず、ヘルニアで腰痛があり、低体温、股関節脱臼、下半身不随、絶え間なくあごからよだれを垂らす不滅の高齢者の大群〉が世代を重ねて積み上がり、年金の受給者ばかりが増え、それを支える若い世代は減少し、国庫は窮乏するだろう。救いようのない未来図です。今の日本で憂えられている状況の戯画化みたいです。私は政治も経済もまるっきり疎く、何も言う資格はないけれど、そして、昔は良かったとは決して思わない――悪いことだらけでした――けれど、かつては、一人の収入でとにかく数人の家族が生活できた。いまは非正規雇用が多くて若い世代の生活が安定しない。若い方たちに助けられながらどうにか日々を送っている私には何もできないし、どうすればこの歪《いびつ》な雇用が改善されるのかわからないのですが……。歩行が困難な私は、外の移動はタクシーに頼らねばなりません。最近、ほとんどのタクシーの助手席背面に、乗客に向けた広告の動画が取り付けられています。これが不愉快なのが多い。いまはリモートでの仕事が増えた。在宅での社員の仕事ぶりを上司が監視するシステムを推奨する広告を、時々見ます。綺麗な言葉で飾っていますが。話が逸れた。戻します。

史上、経験したことのなかった異常事態に、行政は手のうちようがない。この危機を脱する手段を思いついた者がいる。たちまち、倣う者が増える。行政にとっては許されざる行為です。混乱に乗じて陰で荒稼ぎする組織もある。

全体の三分の一ぐらいであるこの部分があまりに真実を衝き、加えてラストが強烈だったので、読み終わるや、冒頭の言葉を記したのですが、この稿を書くためにあらためて精読し、訂正します。

ああ、読んでよかった。

二度読んでもラストは怖いけれど、それでも、読んでよかった。

郵便はがき

料金受取人払郵便

小石川局承認

1100

差出有効期間
令和6年3月
31日まで

112-8731

〈受取人〉
東京都文京区
音羽二—一二—二一

㈱講談社
文芸第一出版部 行

ご購読ありがとうございます。今後の出版企画の参考にさせていただくため、アンケートにご協力いただければ幸いです。

お名前

ご住所

電話番号

このアンケートのお答えを、小社の広告などに用いさせていただく場合がありますが、よろしいでしょうか？　いずれかに○をおつけください。

【 YES　NO　匿名ならYES 】

＊ご記入いただいた個人情報は、上記の目的以外には使用いたしません。

TY 000072-2203

書名

Q1. この本が刊行されたことをなにで知りましたか。できるだけ具体的にお書きください。

Q2. どこで購入されましたか。

1. 書店(具体的に：　　　　　　　　　　)
2. ネット書店(具体的に：　　　　　　　　　　)

Q3. 購入された動機を教えてください。

1. 好きな著者だった　2. 気になるタイトルだった　3. 好きな装丁だった
4. 気になるテーマだった　5. 売れてそうだった・話題になっていた
6. SNSやwebで知って面白そうだった　7. その他(　　　　　　　　　　)

Q4. 好きな作家、好きな作品を教えてください。

Q5. 好きなテレビ、ラジオ番組、サイトを教えてください。

■この本のご感想、著者へのメッセージなどをご自由にお書きください。

ご職業　　性別　　年齢
男・女　　10代・20代・30代・40代・50代・60代・70代・80代～

帯にも記されているので、もう少し内容に触れます。テレビ局の会長のもとに、封書がとどきます。会長は首相と相談し国王にも説明した上で、手紙をテレビで発表します。どんな手紙か。誰が書いたのか。本書をお読みください。

これなら、ハッピーエンドじゃないか。

そうはならない。ここまでで、まだ半分です。

訳者はあとがきで、サラマーゴの文体は風変わりで、カギ括弧も記号も用いず、かなり読みにくい、と記しておられますが、訳文はカギ括弧がなくても、記号がなくても、たいそう滑らかに読めます。訳者雨沢氏の手腕だと思います。

訳者あとがきの最後に引かれた作者の言葉。

〈神は宇宙の沈黙であり、人間はその沈黙に意味を与える叫び声だ。〉

072

『孤独』アンソニー・ストー
「三橋鷹女集」三橋鷹女『孤独の歴史』デイヴィド・ヴィンセント

〈共生的関係をつくることに縛られ、他との違いを抑えられる人間形成においては、孤立することを恐れることはあっても、孤独を体験することはないといってよい。〉

精神医学者アンソニー・ストー『孤独』の邦訳書を監修された吉野要氏のあとがきから引きました。一九八八年に上梓され、邦訳は一九九四年。一九九九年に新訳が刊行されています。

吉野要氏は、日本人は、自分を他と共生させる――〝皆と同じ〟という状態をつくる――ことをまず行う、と記しておられます。

「孤独」と「孤立」は違うのだ、とこのあとがきによって気づき、画家ワッツが彼の作品「希望」について、「希望」と「期待」は違うと語っているのを知ったときと同種の納得感を得たのでした。

「希望」は、幻想文学に惹かれる人々の間ではよく知られた絵画だと思います。両眼が布で覆われた若い女が地球を思わせる球体の上に横座りし、ただひと筋のか細い弦を残すのみの竪琴の音に聴き入っている。「絶望」と名付けた方が合いそうなのですが、弦の音——無音かもしれない——は女性自身が創りだしたものです。昨今はジェンダーの違いに言及するのは差別助長とされがちですが、この場合、女性でなくては、哀しみと絶望の極にあって自ら生み出す希望を象徴し得ない。

三橋鷹女。明治三十二年（一八九九年）出生。幼時に日露戦争。大正十一年（一九二二年）二十二歳で歯科医師と結婚。翌年、男子誕生。関東大震災。昭和のあの長い大戦。子は応召。敗戦。〈子を恋へり夏夜獣の如く醒め〉幸い、復員。昭和四十七年（一九七二年）逝去。

同年代の多くの女性が辿ったであろう生涯です。

しかし、現代俳句で三橋鷹女が表現した自我は、並大抵ではない。

　夏痩せて嫌ひなものは嫌ひなり

墜ちてゆく　炎ゆる夕日を股挟み
鞦韆は漕ぐべし愛は奪ふべし

私は鷹女の日常について、他者の記した記事以外何も知らないのですが、勝ち気な性《さが》ではあっても、日常においては当時の軌範を逸脱することなく、歯科医である夫君の患者さんを茶菓でもてなしたりする「良き妻」であったようです。余談になりますが、私の父も市井《しせい》の開業医で、診療室は自宅の一部にあり、おつきあいの長い患者さん何人かは、家族の居間にきて掘り炬燵に足を入れ、母と一緒にお茶を飲みながら世間話をしていました。

〈夏痩せて〉は、他の季語に替えられない一語だと思います。

女はかくあるべしという軌範は、鉄鎖でした。昭和五年（一九三〇年）生まれの私は鷹女より一世代下ですが、在籍した女学校の校訓は「良妻賢母」でした。

世の顰蹙《ひんしゅく》を買うであろう〈愛は奪ふべし〉は、うちに押し鎮められた自由を希求する炎の、句の形を取った炸裂と推《すい》します。五十一歳のときの句です。

鷹女は孤立してはいなかった。社会との交わりもあった。けれど、〈青年のあばらを出でて冬の蝶〉と詠む感性は、あのひしひしと窮屈な時代、如何ばかりの孤独を自身に与えたことか。〈緑蔭にわれや一人の友もなく〉と鷹女は言い切っています。斎藤輝子夫人〈斎藤茂吉の令室にして、北杜夫氏の母堂〉のような自由闊達な少数の例外もありますが。輝子夫人を、父は何度か診察したことがあり、「あの女傑」と——いささかの辟易もまじえて——特別視していました。世間で「猛女」と呼ばれていたことは、ずっと後に知りました。男性であればふつうのことを、女性がやると「女傑」だの「猛女」だのになる。

名子役として知られ、映画女優として大成した高峰秀子を、監督小津安二郎が「女に生まれたのが可哀想なくらい頭のいい子だ」と評したのを思い出します。女は男より賢くてはいけなかった。賢くても、それを表には出さず、陰で男を支えることを世間は求めた。今はそんな弊風《へいふう》は消滅したと思っていたら、入学試験の採点で女性は最初から不利な立場におかれているという記事を読み唖然憤然としたのでした。

アンソニー・ストーは『孤独』において、ごく大雑把につづめて言えば、孤独でいられる能力、その孤独から生まれる創造性、そうして自ら望んだ孤独と強いられた孤独の

『孤独』アンソニー・ストー
「三橋鷹女集」三橋鷹女『孤独の歴史』デイヴィッド・ヴィンセント

違いについて記しています。

〈今世紀を通じてずっと、西洋の精神科医たちは、親密な人間関係こそが幸福と情緒安定との鍵であると言明してはばからなかった。（略）親密な人間関係をもたない人は病的とされたのである。〉このストーの言葉は、意外でした。西洋人は個を重んじる。日本人は〈和〉という名の下に妥協と協調を強いられる。そう思っていたからです。〈とりわけアメリカ人たちは、子どもはいつも友達と一緒に遊ばねばならないし、もし子どもが独りでいたいと望むならば、それは奇妙か異常であると信じて疑わなかった。〉この言葉には大いにうなずきます。敗戦後、どっと押し寄せてきたアメリカ文化、ことにアメリカ映画はそういう傾向が強く、うんざりしていました。すべてが、というわけではなく、フラナリー・オコナーやカースン・マッカラーズのように、予定調和のハッピーエンドとは対極にある作を著した作家もいますが。

自ら選んだ孤独について、ストーは記します。〈独りでいられる能力は（略）自己発見と自己実現に結びついていき、自分の最も深いところにある要求や感情、衝動の自覚と結びついていく。〉それが昇華されたときすぐれた芸術作品が生まれるという言葉には深く首肯しますが、ストーが言及した精神分析家ドナルド・ウィニコットの論は、初めて知ることでした。〈ウィニコットは、おとなになってからの独りでいられる能力は、幼児が母親がいるところで独りでいる状態を経験することにその源があると提起している。〉この説の当否は私にはわかりませんが。

さらにストーは〈強いられた孤独〉について語ります。まず、刑務所の囚人です。ことに、独房。その孤絶感は未経験者の想像の及ばないほどだろうと思います。隔離は精神の崩壊をもたらす。その中で正常な精神機能を保とうと努めた何人かの実例が挙げられています。一九四九年、当時六十歳の言語学者エディス・ボーン博士は、ハンガリー滞在中イギリスのスパイとみなされ、投獄された。七年間獄中にあり、そのうち三年間は書物も筆記用具も手にすることができなかった。想像の中で詩を朗唱し翻訳し、詩を自作し、鍛錬された精神はその崩壊を防ぎうることを証明した。

強いられた孤独が人にどのような影響を与えるか。一九五〇年代初頭、共産主義国において、洗脳によって自白を引き出す方法の研究の一端として行われた感覚遮断の実験について、ストーは記しています。権威と服従についてのミルグラムの実験に比肩するほど、被験者にとって残酷な実験です。被験を志願した人々は、防音された暗い部屋に閉じこめられ、食事と用便以外はベッドで静かに仰臥していることを命じられた。耐えられなくなったら随意に中止してよいのでした。実験中、多くの被験者は、知的な遂行能力の低下、暗示効果の際立った上昇、幻視（時に幻聴、幻触）を経験し、〈かなりの被験者がパニックの発作を経験した。〉

このような極端な実験とは異なりますが、現在の疫病対策としての「ステイホーム」「ロックダウン」は、やむを得ないことながら、〈強いられた孤独〉であると思います。

デイヴィド・ヴィンセントも『孤独の歴史』で孤立と孤独について記していますが、終章において〈デジタル時代の孤独〉のタイトルで、現代の状況に言及しています。〈デジタルメディアの監視能力が強く意識されるようになるにつれて、個人が独立を確保する最後の手段である孤独の機能と、孤独の領域を広めるための通信システムの活用が衝突している。検索エンジンとソーシャル・メディアにつながったスマートフォンは、引きこもりの領域を豊かにするのではなく、それを完全に奪い去ってしまう可能性があるのだ。現在導入されつつある顔認識の技術は、孤独の概念そのものを完全に破壊

する怖れがある。〉

前回記したコマーシャルの動画は、まさにこの懸念を現実化していました。常に監視されている社会。自由意志による孤独の時さえ得られなくなる。途中入社を希望する者に、面接だけではなく、その過去の仕事ぶり、かつての上司による評価、交友の状態などをつぶさに調べ上げるシステムも推奨されていました。

白露や死んでゆく日も帯締めて

――三橋鷹女――

『孤独』アンソニー・ストー
「三橋鷹女集」三橋鷹女『孤独の歴史』デイヴィッド・ヴィンセント

073

『ボンヌフォア詩集』イヴ・ボンヌフォア『鏡・空間・イマージュ』宮川淳
『宮川淳とともに』吉田喜重＋小林康夫＋西澤栄美子

自分は七〇年代の化石なのだと、近頃思うようになりました。

身のまわりに大人の全集本が溢れ、むさぼり読んだ小学生の頃を最初の読書黄金期とすれば、七〇年代を中心に六〇年代後半ぐらいから八〇年代にかけては、第二次黄金期でした。海外の幻想文学がさかんに邦訳され、ラテンアメリカ文学が数多く刊行されたのがこの時期でした。その後、家の改築などで手持ちの本をずいぶん減らしたのですが、手放しかねて今なお残してある小説や詩集は、ほとんどこの時期のものです。書店の棚の間をそぞろ歩けば、何かしら心惹かれる本があった。厳密に確認したわけではなく、単なる印象に留まりますが、九〇年代になってからは、一時期、新刊本というとアメリカのミステリが多く、それも離婚した女性（検察関係）が子供を育てながら犯罪者と対峙し、別れた男性がそれを助けるというパターンをしばしば見かけたように思うのです。書店を逍遥しても、海の只中で飲める水を求めている気分でした。その後、刊行される書物の傾向は変化しますが、渇求は未だに続いています。あの時期以降で、恵まれた甘露はフリオ・リャマサーレスの『黄色い雨』とアントワーヌ・ヴォロディーヌの『無力な天使たち』でした。私自身が古く干涸らびた海綿のように吸収力が失せたのと、都心の大きい書店を訪れる体力がなくなったせいです。若い海綿は貪欲に水分を吸収するけれど、干涸らびた海綿は水に浸しても表面が濡れるだけで浸透しない。辛うじて日参できる近くの書店は翻訳書の棚が狭く、詩歌の棚は恐ろしく貧しい。小規模な出版社の刊行物はほとんどおいてない。佐藤弓生さんの歌集を読み得たのは僥倖でした。干涸らびた海綿にさえしみとおりました。読めば潤う詩集、歌集は多く刊行されているのでしょうけれど、識ることができない。アンテナが壊れました。みずみずしい海綿になりたい。

宮川淳《みやかわあつし》氏の訳編による『ボンヌフォア詩集』に遇ったのも七〇年代でした。

詩は、原語で読まなければその真髄はわからないのかもしれません。韻律の魅力をそ

073 『ボンヌフォア詩集』イヴ・ボンヌフォア『鏡・空間・イマージュ』宮川淳
『宮川淳とともに』吉田喜重＋小林康夫＋西澤栄美子

のまま邦訳で伝えるのは困難だろうと思います。逆に日本の詩歌を異国の言葉に換えるのも、至難と思われます。〈宿かせと刀投出す雪吹《ふぶき》哉〉（与謝蕪村）を例にあげれば、この短い十一文字で私たちの目には迫力のある情景が鮮やかに浮かぶけれど、異国語は、まず主語が必要になる。〈吹雪の夜、旅人が、宿泊させろと刀を投げ出した。〉宿泊するのになぜ刀を投げ出すのか、理解が困難でしょう。藁葺きの、野中の一軒家の床にしつらえられた囲炉裏の暖かさも、図でも描かなくては想像できないでしょう。〈宿かせと刀投出す〉が、吹雪の激しさをうたいあげる。それも翻訳では伝わらないでしょう。

原語の韻律の魅力やそれぞれの言葉の持つ奥行きの深さはわからないままに、それでも、異国の多くの詩を、邦訳で楽しく摂取してきました。

フェニクスであることから自由になった鳥は
死ぬために樹木の中にひとりとどまっている。

イヴ・ボンヌフォアの「もうひとつの死の岸辺」の一節です。

ランプの中で油が年老い、黒ずんだように、
わたしたちがそうであったあれほどの失われた道のように、
それは樹木の物質にゆっくりとかえる。

不死鳥が樹木のなかにとどまる、というイメージ、そうしてランプの中で油が年老いるという比喩に、私はまず、惹かれたのでした。炎に身を投じては甦る不死の鳥が、自ら不死であることをやめる。不死であらねばならぬことは、火の鳥にとっては、一つの束縛であった。自ら断ち切り、死の自由を獲得する。鳥は樹木と同化する。

鳥はわたしたちの頭の前を行くだろう、
血の肩がそれのために起き上るだろう。
それは喜々として翼を閉じるだろう、
お前がさし出してやったお前の身体、この樹木の頂きに。

『ボンヌフォア詩集』イヴ・ボンヌフォア『鏡・空間・イマージュ』宮川淳
『宮川淳とともに』吉田喜重＋小林康夫＋西澤栄美子

枝々の中を遠ざかりながら、それは長く歌うだろう、
影がその叫びの境界をとり去りにくるだろう、
枝々の上に刻みつけられた死のすべてを拒んで
鳥はあえて夜の峰をとびこえるだろう。

「フェニクス」

わたしは名づけるだろう　かつてのお前だったこの城を砂漠と、
この声を夜と　お前の顔を不在と
そしてお前が不毛の大地の中に倒れるだろうとき
わたしは名づけるだろう　お前を支えていた稲妻を虚無と。

「真の名」

火がついた、火は枝たちの宿命だ、

それは枝たちの小石と冷たさの心にふれようとする、
あらゆる死んだ事物の港にやって来た火、
物質の岸辺でそれは休むだろう。

火は燃えるだろう、だが、お前は知っている、純粋な滅亡のうちに、
あらわな地面の空間が火の下にあらわれるだろうと
黒い地面の星が火の下に拡がるだろうと、
死の星がわたしたちの道を照らすだろうと。

「火の廃失」

ボンヌフォアの詩とともに、それを訳し、巻末にボンヌフォア論を記した宮川淳の名も、深く心に残ったのでした。

美術、文学に関する宮川淳の文集『鏡・空間・イマージュ』に接したのも、同じころでした。取り上げられた対象は、ギュスターヴ・モロー、ジョルジュ・ブラック、ホア

ン・ミロ、三岸好太郎、佐伯祐三、アンドレ・ブルトン、イヴ・ボンヌフォア、清岡卓行、ベル・エポックのポスター、素朴画家たち。そして書き下ろしの「鏡について」が収録されています。一九六七年に初版刊行。私が持っているのは一九七八年に出た八版です。少部数ずつかもしれないけれど、十余年にわたって刷りを重ねるほど、当時はこういう書を求める読者が続いていたのだと深い感慨を持ちます。

一九七七年、宮川淳は四十四歳で逝去。

私事ですが、『辺境薔薇館』という書を河出書房新社さんが編纂出版してくださったとき、冒頭のカラー頁に、好きな絵と好きな詩の一節を絡ませたものを数点おきました。その中の一点にボンヌフォアの詩を引いたので、担当編集の方が訳者宮川淳氏の著作権継承の方のご了承を得ようとしたのですが、ご連絡先が分からないということでした。たいそう淋しい哀しい思いをしました。

ところが、今年（二〇二一年）十月に、『宮川淳とともに』という一書が刊行されたのです。吉田喜重、小林康夫、西澤栄美子の三氏による著書でした（この稿を書いている今は、十一月半ばです）。

大島渚、篠田正浩とともに、日本のヌーヴェルヴァーグと呼ばれた吉田喜重監督の映画は、思い出深い作が何本もあります。紙数が足りないので内容は端折りますが、宮川淳と大学当時親交があった吉田氏への西澤氏によるインタビューと現代哲学の泰斗小林氏の文章が載っています。宮川淳より一世代下の小林氏と西澤氏は、宮川淳を師とされた方々です。吉田氏の懐旧の言葉に、当時の若い世代はジャン・コクトーの映画「オルフェ」に強い印象を受けたのではないかと思いました。鏡に手を触れると鏡面が水のように揺れ、その奥の死の国に入って行く。それ以前に『鏡の国のアリス』もありますが、コクトーの映像は記憶に残っています。

宮川淳は、鏡の向こうに在って、静かに存在の力を及ぼしている。その波紋がこちらに拡がり続けることを願います。

073　『ボンヌフォア詩集』イヴ・ボンヌフォア『鏡・空間・イマージュ』宮川淳
『宮川淳とともに』吉田喜重＋小林康夫＋西澤栄美子

074 『名著のツボ』石井千湖

「週刊文春」が届くたびに、まず開くのが、新刊書の書評を集めた「文春図書館」で、そのラストにおかれた書評家・石井千湖さんの「名著のツボ」を、毎回興味深くそうして楽しく読んでいました。

わずか一ページなのに、含まれる内容は、広く深いのでした。

取り上げられている「名著」は、読んでいなくてもタイトルや作者名はよく知られている古典的名作です。

〈そのジャンルに詳しい識者の方々に（略）読みどころを教えていただく〉という趣旨で、しかも〈ただ有名だからではなく「今読む意味がある」という基準で〉著者は選書しておられます。

夥しい書の中から選び出された作は四つのパートに分類され、〈I　生きるということ〉には、ドストエフスキー『罪と罰』『カラマーゾフの兄弟』、トルストイ『戦争と平和』『アンナ・カレーニナ』、紫式部『源氏物語』、三島由紀夫、江戸川乱歩、谷崎潤一郎、シェイクスピアと超著名な古典に、プラトン、アリストテレス、スピノザ、ニーチェと思想書が続きます。

〈他者との遭遇〉というテーマで選ばれたⅡは、夏目漱石、ディケンズ、モーパッサン、スタンダールと文学全集には必ず収められるであろう大文豪の有名作が並び、Ⅲは〈神話的世界へ〉として、旧・新約聖書、ホメロス、ソポクレス、泉鏡花、ボルヘス……。

二〇一九年一月二十四日号から連載が始まり、二〇二一年六月二十四日号まで、全百十二回。その中からセレクトされた百冊分が本書にまとめられました。どの書も詳細に論じればそれだけで単行本一冊分になるでしょう。

それぞれの専門家（著者は「賢人」という称を用いておられます）が語られた内容は膨大なものだったろうと思います。それらはすべて、石井千湖さんの内部に豊かに蓄積されていることでしょう。

限られたわずかな字数の中で、とりあげた書物の内容も紹介せねばならない。識者の言を聞くにしても、聞き手がその作について無知であったら、理解できない。あらかじめ読み込まねばならないでしょう。そうして作品のツボを端的に記す。それが毎週です。週刊誌の連載は大変です。

他に新刊の書評やインタビューの仕事も石井さんは持っておられる。その多忙さにもかかわらず、本書においても書評においても常に、読み込みの確かさが保たれている。シェイクスピアは、『ロミオとジュリエット』『ハムレット』の二作が取り上げられています。

現代の視点に立って石井さんに語られるのは、シェイクスピアの研究者である英文学者・北村紗衣氏です。二〇一八年に上梓された『シェイクスピア劇を楽しんだ女性たち近世の観劇と読書』（白水社）は表象文化論学会賞と女性史学賞を受賞されました。柳川貴代さんのブック・デザインも内容にふさわしい、魅力のある書物です。

シェイクスピアと同時代のイギリスの劇作家は多数いるけれど、その大半は忘却され、現代にいたるまで生き続けて上演されたり映画化されたりしているのは、シェイクスピアのほかには、ジョン・フォードの「あわれ彼女は娼婦」ぐらいでしょうか——私の知識は限られているので、断言はできないのですが——。

シェイクスピアは、どのように演出しても面白い。『ロミオとジュリエット』の変奏としては、現代のニューヨークを舞台にしたミュージカル「ウエストサイド物語」が記憶に強く残っています。踊るジョージ・チャキリスの脚が素晴らしく長かったな、などとミーハーしてはいけない。のですが、ついでに恒例の脱線をしてしまいます。小学生の時、隣家に坪内逍遙訳のシェークスピヤ全集が揃っているのを発見し、連日借りまくり読み耽ったのは、あちこちで喋ったり書いたりしているので、またか、になりますが、『ロミオとジュリエット』も、もちろん夢中で読みました。一番印象に残ったのは、あの有名な「ロミオ、ロミオ、どうしてあなたはロミオなの」ではなく、乳母が、幼いときジュリエットがお転婆だったという思い出話をして、転んだのだったか、ぶつかったのだったか、「小さい小さい鳩のお金玉のような瘤がおできになりました」という科白でした。八十何年昔に読んだきりで読み返していないので、北村氏に「そんな科白はありません」と言われたらどうしよう。

軌道を修正して、十六世紀の終わりごろに書かれた作が、なぜ四百年以上経っても人気があるのか。北村氏は指摘されます。〈家にボーイフレンドを連れて行ったら親が気に入らないみたいなことは、どこの世界でも起こっているので共感できるのでしょう。〉それを受けて石井さんは、〈同時代の恋愛劇は若いカップルが困難を乗り越えて結ばれる喜劇が定番だった。しかし、『ロミオとジュリエット』は悲劇的結末を迎える。〉当時の観客は新鮮な驚きを得ただろうと北村氏は語っておられます。

石井さんはこの戯曲のツボとして、〈ダメな大人のせいで好感の持てる若者が死んでしまう話です〉と記されます。

『ハムレット』のツボは〈苦悩するハムレットは近代的な個人を先取りしたようなキャラクター〉と記されています。〈To be, or not to be〉の解釈など、興味深い話題に充ちているのですが、紙数が足りなくなるので割愛します。一つだけ、私的な脱線。ある短篇を書いたとき、be に d をつけた科白を男性に言わせたら、校閲さんから「ママOK？（このままでいいの？　の意）念ノタメ」とチェックが入りました。作者の憶え違いではと懸念されたようです。軌道再修正。

江戸川乱歩の『人間椅子』、谷崎潤一郎の『春琴抄』についてそれぞれ、ミステリ作家・有栖川有栖さんが語るという楽しい項もあります。乱歩と谷崎には共通した嗜好がありながら、乱歩はそれに後ろめたさをおぼえ、谷崎は堂々と肯定する、と常々思っていました。二作を並べた選書の妙と、本格ミステリの賢人・有栖川さんの「変格」への理解の深さを感じた二項でした。

〈Ⅳ　社会を考える〉のパートは、切実に「今」に関わる小説、人文書が集められています。これはもう、全タイトルをあげたいのですが、紙数がない――私が脱線ばかりしているから――。サルトル『嘔吐』、カミュ『異邦人』。カフカは『城』のほかに『断食芸人』が選ばれているのに嬉しさをおぼえました。この作の読後感は強烈でした。カフカは、それだけである傾向を象徴する名詞になっていますね、「カフカ的」あるいは「＊＊＊（国名などが入る）のカフカ」と言えば、その作品、作家の傾向が感じ取れる。

著者はあとがきに〈約2年半に渡って名著を読み続けて、わたしの中で変わったことがあります。それは、哲学に対する関心が深まったことです。〉と記しておられるのに感銘を受けました。

〈納富信留さんに『ソクラテスの弁明』について教えていただいたときに、初めて「哲学って面白い、もっと読みたい！」と感じたのです。〉

『ソクラテスの弁明』を著したのは、プラトンです。ソクラテスもプラトンも、名前はよく知りながら、その論説の内容、私はまったく無知でした。

この項で紹介されていますが、西洋古代哲学を専門とされる東京大学大学院教授・納《のう》富信留《とみのぶる》氏は、光文社古典新訳文庫で本書の邦訳をされています。

ここでまた私情を交えると、私はこれらの書物を読み砕いた石井さんに讃嘆し、同時に悔いをおぼえたのでした。もっとも知識を吸収できるであろう十代のころ、学徒勤労動員によって、旧制中学生（男子のみ）と私たち女学生（どちらも五年制）は軍需工場の仕事に就かされ授業は受けられなかった。空襲で書物も灰燼となった。それでも敗戦後、学を究め専門の道に進まれた同年代の方々は多数おられます。私は基礎知識が欠けたまま歳月を過ごしました。そのことを悔いています。ルソー、デカルト、カント。名を知るのみで熟読したことはないのですが、碩学の方々と石井千湖さんの手引きによって、興味が湧きます。しかし咀嚼する力は最早残っていないだろうな。

名のみ親しかったスピノザの『エチカ』に惹かれました。これまでE・M・シオランの『生誕の災厄』『悪しき造物主』などの、生の否定〈生誕こそが死にまさる真の災厄だ〉という言葉に深く共感してきました。生は苦痛に充ちた呪わしいもので、良きことがあっても、秤にかければ苦痛のほうが重い。しかし残る生の時間が限られるようになった今、過去・現在の自己を否定せず、受け入れ肯定していいのだという、哲学者・田島正樹氏の『エチカ』読解に、大きく力づけられたのでした。肯定し続けるのはたいそう難しく、じきにネガティヴに戻ってしまいはするのですが。

075

『コンラット・ヴァレンロット』
アダム・ミツキェーヴィチ

十九世紀のポーランドの詩人アダム・ミツキェーヴィチの名を知ったのは、映画「パン・タデウシュ物語」の原作者としてでした。映画を観たのは、監督がアンジェイ・ワイダであったこと、そしてまことにミーハーながら、ダニエル・オルブリフスキーが出演していると知ったからでした。オルブリフスキーは、「白樺の林」「ブリキの太鼓」で印象が強かったのです。一九七〇年制作の前者では二十五歳、後者では三十四歳でしたが、一九九九年制作の「パン・タデウシュ」出演時には五十四歳。役柄により実年齢よりはるかに老けたメークで、印象がまるで違いました。という話はどうでもよくて。

『コンラット・ヴァレンロット』は、一八二八年に発表されました。

文体も作風もまったく異なるのですが——本作は詩の形をとった物語というふうです

――、史実をしっかり踏まえた上に大きい虚構を構築する点が、私に、山田風太郎を連想させたのでした。

ヨーロッパの北部、プロイセンからバルト海沿岸の地域における中世盛期――十一～十三世紀――の「歴史」は、キリスト教徒が土地に先住する「異教徒」に対して正義感、使命感、そうして欲望から、改宗を強要、受け入れなければ「掃討」「討伐」「征服」しキリスト教化して行く過程と言えるでしょう。直ちに順応する地もあれば、徹底的に抵抗した地もありました。

リトアニアは、いまではバルト三国としてラトビア、エストニアと一括りにされる小国ですが、かつて、北はバルト海沿岸から、南は黒海沿岸にまで及ぶ広大な領土を持つ大公国だった時期もあります。

あまりに多くを飲み込んだために、〈リトアニア大公国はリトアニア性を失〉ったと、ミツキェーヴィチは「まえおき」で記しています。〈リトアニアはもはやすっかり過去にある。それ故に、リトアニアの歴史は詩にとって幸運な領域である〉。

一三八六年、リトアニアの大公はポーランドの女王と結婚し、ポーランド王をも兼ねることになります。大公は三十四歳。女王は十代の前半という幼さでした。

ポーランドはキリスト教（ローマ・カトリック）を受け入れていましたが、リトアニアは森に神性を感じ、泉のほとりで神聖な誓いを行う、キリスト教徒からみれば異教の地でした。

当時、マルボルク（ドイツ語ではマリエンブルク）城に本拠をおきプロイセン一帯を支配したドイツ騎士修道会（ドイツ騎士団）が、異教徒を改宗させるという「大義」のもとに、暴力的な活動を広げていました。ドイツ騎士修道会については、山内進先生が『北の十字軍』で私のような素人にもわかりやすく、そして綿密に記しておられます。エルサレム奪還を名目に、ローマ教皇の命により十字軍が結成され活動していた時期でしたが、北でも異教徒「討伐」の十字軍が非情な侵攻、殺戮を行っていたのでした。

ロシアは同じキリスト教でも「正教」です。ローマ教皇はカトリック以外は認めない。商業都市として栄えていたノヴゴロドはドイツ騎士団の攻撃の対象になります。その様相は、セルゲイ・エイゼンシュテイン監督の映画「アレクサンドル・ネフスキー」に迫真的に描かれています。この映画が制作公開された一九三八年は、ナチスドイツの勢力拡大にソ連が危機感を感じている時期です。侵略を断固許さないという激しいメッセージが露わでした。

ポーランドは、リトアニアの大公を国王と認める代わりに、大公もリトアニアの住民もキリスト教徒になることを要求し、大公はそれを承諾して洗礼を受けます。そうすれば、ドイツ騎士団はリトアニアを攻撃する理由がなくなる。聖戦の相手が消え、北の十字軍の存在さえ不要になる。

しかし、ドイツ騎士団はリトアニアの改宗を認めない。偽装、欺瞞に過ぎないと主張し、襲撃、掠奪の手を緩めません。

『コンラット・ヴァレンロット』は、一三九一年、コンラット・ヴァレンロットがドイツ騎士団の総師に選ばれるところから始まります。

訳者久山宏一先生の解説を頼りに、筆を進めます。

本作の主人公は、実在の人物コンラット・フォン・ヴァレンローデ（またはコンラット・フォン・ヴァレンロット）をモデルに創作されたものだそうです。

実在のフォン・ヴァレンローデは、ドイツ騎士団の管区長から総師代理などの地位を経て、一三九一年からドイツ騎士団総帥をつとめ、九三年に没しました。

作者自身が、作品成立に関する註を記しています。それによると、実在のヴァレンロットについては、さまざまな矛盾した言い伝えが残っているそうです。彼を、傲慢、残酷で、人民の虐殺者であると記す年代記がある一方、知性の偉大、勇気、高貴さを讃える文書もある。十字軍としてリトアニア侵攻を企て、その準備に莫大な金を浪費して騎士団の財産を蕩尽し、軍を進めたものの、無為に時を費やし、挙げ句の果てに撤退している。この撤退の原因を、年代記作者や後世の研究者は理解できず、騎士団総帥ヴァレンロットは精神に異常をきたしていたという説もあります。

ミツキェーヴィチはこれに一つの解を与えています。想像ではあるけれど、おそらくもっとも真実に近い、と記しています。

エンターテインメントであれば、この点こそぎりぎりまで隠しておくポイントでしょうが、本書では、作者自身が注記で明かしていますし、訳者解説でも、現在の間に過去を挟む構成を時系列に沿って並べ直し、何が起きたかを明確にするというテキストの解読を行うことに重点をおいておられるので、私もそれにならうことにします。

騎士団総師コンラット・ヴァレンロットが開いた宴の席で、リトアニア人の老いた吟遊詩人が、古いプロイセンの竪琴を奏でながら、ドイツ騎士団に蹂躙されたリトアニア人の哀しみを歌います。そうして、詩人はある物語を語ります。リトアニア人がドイツ騎士たちを襲い、捕虜を連れ帰った。捕虜の中に、自ら進んでドイツ軍勢を離脱し、リトアニア軍に身を投じた二人の男がいた。若者と老人。若者が言う。自分はリトアニアで生まれ育った。ドイツ人が襲撃し、自分を攫った。ヴァルター・アルフという名をつけられ、ドイツ人として育てられた。しかし、リトアニアの心はそのままだった。これも捕虜となり通訳を務めている老いたリトアニア人と、ヴァルターは知り合う。ドイツ騎士団に復讐すると言う若いヴァルターを、老人は宥める。〈おまえは奴隷　奴隷の唯一の武器は陰謀　今しばし留まり　ドイツ人から戦いの術を汲み取るがよい　彼らの信頼を求めるよう努めなさい　それからなすべきことはいずれわかるはず〉。

総師が率いる十字軍が、またもリトアニアに侵攻する。しかし、総師コンラット・ヴァレンロットは、先に記したような奇妙な行動をとり、〈食料と穀物が使い果たされ飢餓がドイツの軍営を襲い（略）何百ものドイツ人が斃れていきました〉。

リトアニアが攻撃をかけてくると、総帥は真っ先に逃亡した。

マリエンブルクの地下で、秘密法廷が会議を開いた。

「秘密法廷」について、作者の原注が記されています。中世において、有力な貴族が大罪を犯しても、通常の法廷は処罰する力を持たなかった。秘密法廷の判事たちは、ひそかに判決を下し、有罪と決まった者には「禍あれ」の言葉を三度聞かせた後、暗殺した。

地下の法廷において、告発者がコンラット・ヴァレンロットの正体を明らかにします。彼は素性の分からない者で、ヴァレンロット伯爵の従士になっていた。伯爵はパレスティナに赴き人知れず死亡した。従士はヴァレンロットを名乗り、戦闘で名声を博し、騎士団の総帥に選ばれるまでになった。この男は、ひそかにリトアニア語である者と話をしていた。いまヴァレンロットを名乗っている者は、吟遊詩人が歌ったヴァルター・アルフにほかならない。

黒衣を纏い顔を仮面で覆った判事たちは、一斉に声を上げます、「禍あれ！」

「禍あれ！」の声と共に、暗殺者たちはコンラット・ヴァレンロットことヴァルター・

アルフを襲います。襲撃を知ったアルフは、一瞬早く毒杯を仰いでいました。

ミツキェーヴィチがこの作を著した十九世紀、ポーランドはロシア、プロイセン、オーストリアの三国により分割され、国としては消滅していました。国は消えてもポーランド人は存在する。十四世紀のリトアニアは、即ち帝政ロシアの圧制下にある十九世紀のポーランドでした。ポーランド人のミツキェーヴィチは、十四世紀のリトアニア人の姿を通じて、騎士の誇りを捨て、裏切り者の汚名に甘んじてまで祖国の敵を滅ぼそうとした行為を讃え、ポーランド人を鼓舞したのでした。しかし、後年、ミツキェーヴィチはこの自作を「裏切りを讃える悪念を私の民族の中にかきたててしまった」と悔い、「すべてを買い占め燃やしてしまいたい」と友人に洩らしたそうです。

076

『暴君』スティーブン・グリーンブラット
『空襲と文学』W・G・ゼーバルト『優しい語り手』オルガ・トカルチュク

この原稿を書き始めた今日は、二〇二二年二月二十四日です。なぜ、年月日をことさら記したのか。

今日、ウクライナにロシア軍が侵攻を開始したからです。首都キエフでは空襲警報が響き、シェルターに退避するよう市民に布告が出た。

血圧があがり自律神経失調症状になりました。七十七年も昔のことなのに、空襲の恐ろしさが甦る。湾岸戦争のときも、闇の中で一ヵ所だけ火の塊になって燃え上がっている映像を見てテレビを消しました。空の高みから撮影した映像です。あの火の中で人が逃げまわっている。焼け死んでいる。見ていられませんでした。同世代の辻真先さんは、十三歳で、目の前に燃え上がる焼夷弾を夢中で消した体験をしていらっしゃる。

この稿が掲載されるのは早くても四月（五月号）ですから、状勢は明らかになっているでしょう。

ここ二十年ぐらいテレビを観る習慣をなくし、新聞もとらなくなり、ロシア軍のウクライナ侵攻に関してもネットで知るだけだし、メディアの情報がどれだけ正確かわからないのですが、辛い。

開戦の情況が前の大戦と酷似している。ドイツ軍がポーランドに侵攻し、瞬時にワルシャワを陥落させ、占領下においた。ポーランドが期待したフランスやイギリスの援助はなかった。

一つ、違う点があります。WWⅡの開戦にあたっては、ドイツ人の多くはヒトラーの行動を支持し、ワルシャワ市民のほうでも迎撃の戦意は壮《さか》んだった。今回はキエフ市民はロシア軍の侵攻を予想していなかったし、戦争を望まないロシアの人々もかなりいるようです。

こんなときに、何を読もう。

〈一五九〇年代初頭に劇作をはじめてからそのキャリアを終えるまで、シェイクスピア

は、どうにも納得のいかない問題に繰り返し取り組んできた。〉

「シェイクスピアの政治学」のサブタイトルを持つ『暴君』の冒頭です。小説ではなく、サブタイトル通りの論考です。

〈――なぜ国全体が暴君の手に落ちてしまうなどということがありえるのか？

「国王は唯々諾々と従う国民を統治するが、暴君は従わぬ者を統治する」とは、十六世紀のスコットランドの偉大な学者ジョージ・ブカナンの言葉だ。自由社会は、ブカナンの表現を借りれば、「国民の利益を考えずに私利私欲に走り、国のためでなく自分のために」政治を行おうとする者を排除する仕組みになっているはずなのだ。一見堅固で難攻不落に思える国の重要な仕組みが、どのような状況下で不意に脆くなってしまうのかと、シェイクスピアは考えた。〉

〈なぜリチャード三世やマクベスのような人物が王座にのぼるのか？〉

十六世紀末から十七世紀にかけて著されたシェイクスピアの戯曲が二十一世紀の今日まで、そしておそらく将来においても好まれ続けるのは、いつの時代にも存在する真実が虚構の形を取って提示されているからでしょう。

シェイクスピアが生き、書いた時代の前半は、エリザベス一世の統治下です。エリザベス女王の父ヘンリー八世――歴代の英国王の中でももっとも著名ではないかと思われる――の時代、治世者を暴君と呼べば謀反人として死刑と法で定められたそうです。

本書にニーチェの言葉が引かれています。〈「真実は醜い。真実のせいで死んでしまわないように芸術がある」〉

著者は続けます。

〈真実を手にしても死なずにいるには――作品を通してそれを描くか、あるいは歴史的距離を置くのが一番だと、シェイクスピアの劇はほのめかしている。〉

エリザベス一世の劇的な生涯や、カトリックとの対立による不安定な状況は、小説にもなり映画にもなり、広く識られています。ローマ教皇は女王を暗殺しても罪にはならないとテロを奨励し、熱烈なカトリックであるスコットランドのメアリ女王を王位に就けようとする動きがあり、そのような状況をあからさまに作品に反映させることはできなかった。

ここまで書いて、少し間をおいてしまい、今日は三月五日です。その間にロシア最高統治者は、核の使用を厭わないと発言し、西側の動きを牽制しています。昨日、ロシアはウクライナの原子力発電所を攻撃し、情報統制を強化し、ロシア国民は西側からの声を知ることができなくなったそうです。前《さき》の大戦当時、日本国民（私もその一人）が大本営発表しか知るすべがなかったように。

今、ロシアの作家は自由な表現を厳しく制限されているのでしょう。

グリーンブラットの本書は、現在の政情と照らし合わせながら実に興味深く読めます。

〈皆がまともさを回復する最良のチャンスは、普通の市民の政治活動にあると、シェイクスピアは考える。暴君を支持するように叫べと強要されてもじっと黙っている人々や、囚人に拷問を加える邪悪な主人を止めようとする召し使い、経済的な正義を求める餓えた市民をシェイクスピアは見逃さない。「人民がいなくて、何が街だ?」〉

今、発せられてもおかしくない言葉ですが、現状では暴君のもとでこのような行動——あるいは非・行動——をしたら、拘留、処刑の怖れがあるだろうな。

本書は二〇二〇年――ウクライナ侵攻より二年前――に河合祥一郎氏によって邦訳され、岩波新書の一冊として刊行されています。まるで予言の書みたいです。

紙数が少なくなりましたが、ゼーバルトの『空襲と文学』に触れます。

前書きでゼーバルトは、WWⅡ末期ドイツの諸都市が被った壊滅的な空襲体験が戦後のドイツ文学でほとんど語り継がれていない、と主張しています。〈いわゆる《過去の克服》と称されるものにドイツは大きな努力を払ってきたが、にもかかわらず私には、ドイツ人は驚くほど歴史に眼をふさぎ、伝統を失った国民になってしまったという感が否めない。〉

細見和之氏の解説によれば、本書は一九九七年に行われた連続講演をもとにしており、彼の主張は大きい反響を呼び起こしたそうです。好意的な声だけではなく、戦後の文学が空襲体験を描いていないというのは事実か否かの確認、そうして、加害者であったドイツが被害者の立場を強調することは許されない（これは日本に対しても言われてきました）という指弾。それに対しゼーバルトは、敗戦後のドイツの奇跡的な経済復興の〈礎には累々たる屍が塗り込められている〉と指摘しています。〈もはや伝説と化

『暴君』スティーブン・グリーンブラット
『空襲と文学』W・G・ゼーバルト『優しい語り手』オルガ・トカルチュク

し、ある意味ではたしかに見事であった戦後ドイツの再建は、敵国による破壊につづく、みずからの過去のいわば二度目の抹殺であった。〉

ゼーバルト自身は一九四四年――敗戦の一年前――の生まれで、空爆の惨を実体験してはいないのですが、丹念に調べあげ、詳細に生々しく惨禍を記します。

〈街路二百キロ分にわたる住宅が完膚無きまでに破壊された。不気味にねじ曲がった肉体がいたるところに転がっていた。（略）もとの体の三分の一に縮んでいるものもあった。（略）わが身の脂肪が溶解してできた、一部はすでに冷え固まっていた脂肪溜まりに横たわっていた。〉写真付きです。

二〇一九年にノーベル文学賞を受賞したポーランドの作家オルガ・トカルチュクの記念講演録『優しい語り手』（小椋彩訳）から一節を引きます。

〈世界をどう考えるか、あるいはおそらくより重要な、世界をいかに語るかということには、とても大きな意味があります。起こったことも、語られなければ、在ることをやめて、消えていく。〉

空爆と廃墟を見つめて作品化した数少ない作家の名をゼーバルトはあげています。その中の一人ハンス・エーリヒ・ノサックの短篇「滅亡」は、『死神とのインタヴュー』(岩波文庫)に収録されているので、今でも読めます。ハンブルクでの酸鼻をきわめた体験が、修辞や過多な感情をまじえず、精密に記されています。

都市を非戦闘員である住民ごと焼き尽くす絨毯爆撃は、戦後賛否両論の的になりますが「戦争を終結させるためにはそれ以外の手段がなかった」が免罪符となります。

ベルリン空爆の跡を写した写真集を見たことがあります。かつては住まいであった瓦礫の山に、どこそこに避難していると、連絡先を記した紙札が幾つも立っています。その中の一枚。

「わたしたちは、まだ生きています」

077

『書物の破壊の世界史』フェルナンド・バエス

この稿を書き始めた今日は、二〇二二年三月二十日です。去年の年末から今年の二月初旬まで、新型コロナの新規感染者数は、グラフで見ると断崖を見上げるような急上昇でした。それ以後、やや下降しつつありますけれど、傾斜はごくゆるやかです。

ロシア軍の侵攻でウクライナは悲惨な状態です。

戦争は容赦ない破壊を伴う。

フェルナンド・バエス『書物の破壊の世界史』は、謝辞、原注、参考文献、人名索引だけでも百ページ以上、本文は六百四十二ページという大作で、サブタイトル通り〈シュメールの粘土板からデジタル時代まで〉書物が如何に破壊されてきたかを述べています。

大量の書物が失われる原因は、天災や火災などの事故もありますが、何より大きいのは権力者による故意の破壊であると、本書は指摘します。

ヒトラーのナチ政権下で行われた焚書は、よく知られています。

〈本を燃やす人間は、やがて人間も燃やすようになる
——ハインリッヒ・ハイネ『アルマンゾル』（一八二一年）〉

本書の冒頭のエピグラフです。

ゲッベルスの発案に、ヒトラー・ユーゲントの青少年や学生たちが中心になって、盛大に積み上げられた本の山に火をつけ、昂揚した気分になったのでした。

〈ドイツにおける一九三三年の書物の破壊は、のちの虐殺への序章にすぎなかった。〉

『三文オペラ』や『肝っ玉おっ母とその子どもたち』などで日本でもよく知られているベルトルト・ブレヒトは、自分の著作が焼かれたと知って「焚書」という詩を書きます。

〈私を燃やしてくれ！　断腸の思いで綴る。私を燃やしてくれ！〉

焚書と言えば本好きの多くの人が思い浮かべるであろうレイ・ブラッドベリの『華氏

四五一度』（一九五三年）もエピグラフに引かれています。

〈隣の家にある本は弾を込めたピストルだ。

焼いてしまえ。ピストルの弾を抜くんだ。

人間の精神を支配せよ。〉

戦前戦中の日本では、焚書まではしなかったけれど、出版物の統制はきわめて厳しかった。国の方針に反する書は発禁、あるいは当局が検閲し指定した部分を伏せ字にするなどが行われました。子供のころ読んだ大人向けの完全版『千夜一夜』は、××がずらりと並んでいました。性に関する部分だったようです。

完成した書物が発売禁止になるのは出版社にとって損失が大きい。出版社自体が当局に危険視される怖れもある。書き手も出版社も自粛し、国策に沿ったもののみが刊行される。

ホロコーストに先立つナチスのビブリオコースト（本の大虐殺）について、本書は三十二ページにわたって詳細に記します。

辛いことですが、日本軍も上海、南京、蘇州、杭州などの図書館を大破壊したことが、数字をあげて記載されています。戦争中に育った私は、つい、日本軍が何をしたか、から目を逸らしたくなります。日本の兵隊さんは強くてやさしい、と子供のとき教え込まれました。十五の年まで植え付けられたものは、敗戦後の正反対な思想教育によっても、なかなか完全に払拭はできないようです。戦後に生まれた方たちは、最初から民主主義、人権思想を土壌にして育ちますが、私の年代は、軍国主義という土壌で生まれ育ち、敗戦で民主主義の土壌に移植された。私は自分の感情を戦後七十七年経ってもまだ信頼しきれないのです。

他国の思想統制、焚書、書物の破壊を批難するのは容易《たやす》い。でも、自国もやっていた。それを直視するのは辛い。苦しく悲しいけれど、日本も破壊者だった。

本書の著者は公平に、どの国がいつ何をしたか、綿密な数字を挙げて詳細に記述します。

独裁者が支配する国はどこでも〈人間の精神を支配〉するために、記憶を抹殺するために、独裁者に異を唱える人々を抹殺すると同時に、書物の大破壊を行います。

WWⅡで勝利したソ連が、支配下に置いた東欧諸国を如何に抑圧し文化抹殺につとめたか。その状況も具体的に記されています。
一党独裁のソ連にあっては〈何十人もの作家を死刑に追い込んだ。〉
スペインのフランコ政権、カンボジアのポル・ポト。
中国の文化大革命と天安門事件を記した一節に〈一九四九年の建国以来、焚書はすでに見慣れた光景ではあったが〉という恐ろしい記述があります。焚書は特別なことではなくなっていた。〈文化大革命の時代には、中国全土で書物の大量破壊が実施されるようになった。〉
アルゼンチンの軍事政権の項。同国のジャーナリストの著作『本への攻撃』を〈読みすすめていくと、独裁政権がある特定分野だけを服従させる目的で文化を抑圧するのではなく、歴史の記憶を修正する目的で体系的な粛清をしていたことがわかってくる。〉
書物の大量破壊は、さまざまな理由から生じる。民族間の憎悪や対立するイデオロギーを抹殺するため、あるいは宗教の違い。
現代だけではなく、古代から中世、近世、近代と、あらゆる時代における、そうしてあらゆる理由による書物の破壊が取り上げられています。

イントロダクションにたいそう納得できるフレーズがあります。

〈書物を破壊する者たちは、あらゆる文化に共通して見受けられる態度を示している。それは世の中の人間を〝彼ら〟と〝私たち〟に区別する傾向だ。これが行き過ぎると〝私たち〟以外は全員敵となる。そういった他者否定の基準のもとで、つねに検閲は課され、知る権利は侵害されてきた。〉この状態を今、私たちは見ている。

ベネズエラ生まれの著者は、物心つく頃から、読書なしでは生きていかれないと思っていたと記します。強い共感を持ちます。またも私事に脱線しますが、空襲激化から敗戦後の一時期、食糧不足も辛かったけれど、甘藷の茎や豆粕入りの薄い雑炊でも、なんとか飢餓からは逃れられた（甘藷の茎は、食べられないほど不味くはありませんでした）。でも、本がない飢餓感は、ほかの何を以てしても埋められなかった。私ばかりじゃない。敗戦後二年目、西田幾多郎全集の第一巻が刊行されたとき、知に餓えた学生たちが発売前から書店の前に行列を作ったことは、当時も話題になりました。

古代から書き起こしている本書は、どの部分を読んでも興味深いのですが、その古代の章で、現代の学者の論を引いています。三世紀に、概略書が大流行し、概略書はさらに縮小されて〈さもしい抜粋になり果て〉、元となる大部の作品自体が失われる結果になる。リウィウスの『ローマ建国史』は百四十二巻中三十五巻を残すのみで、その余は失われた。

これは〈現代の早わかり本やダイジェスト版の先駆け〉であると記されています。ダイジェストや古典の現代語訳は、とっかかりにはなるけれど、元の文章を読まなくては、ほんとうに味わうことはできないと思います。紙数がないので、ダイジェストの功罪については詳述せず、最終章「デジタル時代の書物の破壊」の「紙の書籍vs電子書籍」の項に触れます。

私は物心ついてこのかた、九十年近い歳月を紙の本のみで楽しんできて、電子書籍には馴染めないので、正しい判断はできません。電子本はおそらく、場所を取らないし、どれほど分厚い重い書物も端末があればどこでも読めるから、たいそう便利なのだろうと思います。紙の本は焚書の対象になるし、紙魚に食われたり古びて紙が傷んだり、常に消滅の危険にさらされています。電子書籍なら安全なのか。

〈二一世紀に入り、本という存在そのものがかつてない過渡期を迎えている。五〇〇〇年以上前にウルク（現イラク）の地で人類最初の文字が生まれて以来、図書館・書店・出版社が形成してきた情報手段の大転換が始まったと言えるかも知れない。〉まだ今後の流れが見えない現時点で、断定的なことは言えないがと慎重な前置きをした上で、著者は電子書籍のリスクを記します。データの改竄、破壊、ウイルス被害。電源障害。サイバー戦争。

安価に読める電子書籍が広まれば、比較して高価な紙の本の需要は減少し、購買者が減れば出版部数も減り、単価は高くなる。ますます購買者は減り、ついには紙の書物の消滅にも繋がる。それは幾多の技術の消滅をも意味します。製本技術。印刷技術。製紙技術。そして装幀が不要になる。今すでに、紙の種類が少なくなりつつあるそうです。

一つのテキストを一冊の書物にするために、ブック・デザイナーがどれほど紙質や印刷の色にこだわるか、内容を深く読み込んでおられることか。そのセンスも引き継がれていかなくなります。悲しいことです。装幀の魅力や紙の手触りを知ることも、読書の楽しみの重要な要素です。紙の書物よ、生き続けて。

078

『ひとはなぜ戦争をするのか』
A・アインシュタイン、S・フロイト

一九三二年、国際連盟の国際知的協力機関が、アルバート・アインシュタインにひとつの提案をしました。

望ましい相手を選び、いまの文明でもっとも大切と思える問いについて意見を交換してほしい。

アインシュタインは、相手にジークムント・フロイトを選び、書簡を送ります。

もっとも重要なテーマとしてアインシュタインが取り上げたのは、「人間を戦争というくびきから解き放つことはできるのか」でした。

一八五六年生まれのフロイト（オーストリア）と一八七九年生まれのアインシュタイン（ドイツ）は、苛酷な欧州大戦（第一次世界大戦、一九一四年～一九一八年）を体験

しています。

WWIは、毒ガスの使用、戦車の開発、塹壕戦などにより、戦争の様相を大きく変えました。

〈技術が大きく進歩し、戦争は私たち文明人の運命を決する問題となりました。〉

アインシュタインがフロイト宛の書簡にそう記したときから九十年経っています。技術は核弾頭ミサイルの開発にまで進んでしまった。

この稿を記している今日は、二〇二二年四月十八日です。ウクライナ東部の惨状が日々報道されています。

アインシュタインは二十三歳年上の心理学者にして精神科医のフロイトに、真摯に問いかけます。

自分は物理学者なので、〈人間の感情や人間の想いの深みを覗くこと〉は難しい。〈人間の衝動に関する深い知識で、問題に新たな光をあてていただきたいと考えております。〉

アインシュタイン自身は、戦争を回避するひとつの案を考えつきます。〈すべての国家が一致協力して、一つの機関を創りあげ（略）国家間の問題についての立法と司法の権限を与え、国際的な紛争が生じたときには、この機関に解決を委《ゆだ》ねる〉。けれども、すぐにそれが至難であることを記しています。〈国際的な平和を実現しようとすれば、各国が主権の一部を完全に放棄し、自らの活動に一定の枠をはめなければならない。〉それを諾《うべな》う国は、おそらく、ない。

国際平和を願い、その実現のために多くの人々が真剣に努力してきたのに、なぜ完全な平和は達成できないのか。

アインシュタインは自問自答します。

〈人間の心自体に問題があるのだ。人間の心のなかに、平和への努力に抗《あらが》う種々の力が働いているのだ。〉

悪しき力の最たるひとつとして、権力欲をアインシュタインは挙げます。国家の指導者はその権力を少しでも減ずることに強く反対する。また、金銭的な利益を得るために権力者を支持する者たちがいる。典型的な例として、戦争時の武器商人が指摘されます。〈彼らは、戦争を自分たちに都合のよいチャンスとしか見ません。〉

しかし、なぜ、権力者とその少数の支持者が、大多数の国民を意図通りに動かすことができるのか。〈戦争が起きれば一般の国民は苦しむだけなのに、なぜ彼らは少数の人間の欲望に手を貸すような真似をするのか？〉

この設問にも、アインシュタインは自答します。〈人間には本能的な欲求が潜《ひそ》んでいる。憎悪に駆られ、相手を絶滅させようとする欲求が！〉〈あなたの最新の知見に照らして、世界の平和という問題に〉取り組んでいただきたい。その言葉がきっかけになり〈新しい実り豊かな行動が起こるに違いない〉というアインシュタインの書簡の日付は、一九三二年七月三十日です。同年同月、ヒトラーの国家社会主義ドイツ労働者党（ナチ）が国会で第一党となります。

九月の日付で、フロイトは返信します。〈人間を戦争というくびきから解き放つために、いま何ができるのか？〉このテーマにフロイトは、これは政治家が取り組むべき問題ではないかと一旦は思い、ついで、考えを改めます。〈自然科学者や物理学者として〉ではなく、〈人間を深く愛する一人の人間として〉アインシュタインは問題を提起したのだ、と。そうして〈心理学的な観点から見て戦争を防止するにはどうすればよいのか〉を考えます。アインシュタインの手紙はすでに多くのことを述べている。それにフロイトは賛同し、敷衍《ふえん》して「権力《マハト》」をさらに〈むき出しで厳しい〉「暴力《ゲヴァルト》」という言葉で表したいと記します。

以下は、私（筆者）の感慨――未熟かも知れない――をまじえて記すのですが、古《いにしえ》からの長い時を辿ってみると、利害の反する幾つもの群れが暴力で闘争し、強い群れが他を滅ぼす、あるいは従える。そして法をつくるけれど、利害の対立はやはり生じ、暴力によって解決され、それが繰り返される。ひとつの集団が繁栄し、一時的な平和がもたらされても、誰しもが満足しているわけではない。その集団の内部においてさえ、少数の強者と多数の弱者の不均衡が生じる。踏みにじられても弱者が耐えていれば、日々は穏やかに過ぎる。

私事ですが、いま連載中の長篇の資料として、バルト海沿岸の歴史的な変遷に関する文献を読んでいます。交易によってハンザ諸都市は繁栄するのですが、キリスト教徒が先住の異教徒の集団を暴力と懐柔で抹殺していくという前史があります。異教徒も一部改宗するものもありますが、多くは力の限り抵抗し滅びます。

〈人間の心にとてつもなく強い破壊欲動がある〉とフロイトは記します。〈人間から攻撃的な性質を取り除くなど、できそうにもない！〉

フランス革命は自由・平等を謳い、民衆の勝利と讃えられますが、「ナントの溺死刑」のような、革命側の凄まじい殺戮も起きている。

どのような状況が理想的なのか。〈人間が自分の欲動をあますところなく理性のコントロール下に置く状況です。〉そう記しながら、〈夢想《ユートピア》的な希望にすぎない〉とも続けます。

〈ですが、ここで私のほうから一つ問題を提起させてください。

私たち（平和主義者）はなぜ戦争に強い憤《いきどお》りを覚えるのか？〉

なぜなら、と、戦争を忌避する幾つもの明確な理由をあげます――それは現在でも多くの人が思っていることです――。〈破壊兵器がこれほどの発達を見た以上、これからの戦争では、当事者のどちらかが完全に地球上から姿を消すことになるのです。〉それを想像すれば、誰しもが戦争に反対の声を挙げてしかるべきだ。

けれど、〈自分以外の国を平然と踏みにじって地上から消し去ろうとする帝国や民族

がある以上、やはり戦争の準備は怠れないのではないか。〉

ひとはなぜ戦争をするのか。それを充分に考察したうえで、ではどうしたら戦争という軛《くびき》から解き放たれうるか、についてフロイトは言及します。

「文化の発展」にフロイトは期待をかけます。「文化」という言葉は日本では伝統や風習をも含んだ意味でしばしば用いられますが、この場合は「知性・教養」と同義と思います。

文化の発展は知性を強め、強くなった知性は欲動をコントロールする。

〈文化の発展が生み出した心のあり方と、将来の戦争がもたらすとてつもない惨禍への不安――この二つのものが近い将来、戦争をなくす方向に人間を動かしていくと期待できるのではないでしょうか。〉

この往復書簡が交わされた翌年の一月、ヒトラーは首相になります。この年、アインシュタインは渡米しますが、さらにその年、ナチが政権を獲得したため、帰国を断念します。ユダヤ人であったからです。ナチのユダヤ人迫害は激しさを増し、同じくユダヤ人であったフロイトは一九三八年、ロンドンに亡命します。翌一九三九年、ドイツ軍のポーランド侵攻に端を発したＷＷⅡが始まります。

一九四五年ドイツの降伏、日本の降伏で、大戦は一応終結します。日本への原爆投下、原子爆弾開発とアインシュタインの関係などは、周知のことなので筆を省きます。

ウクライナへの侵攻で、大惨事への不安が戦争抑止になるだろうという願望は砕かれてしまった。この稿を書きながら、「ノスタルジア」「ミッション」、二本の映画を思い出していました。宗教は救済であるはずなのに、まったく無力だし、幾多の悲惨な戦争は宗教の名において行われてきた。

最近、静かな信仰を持つ方と知己を得ました。お目にかかったことはなくメールの交換だけなのですが、その方はごく自然に神を感じておられるのだと思いました。私には感じられない。でも、宗教組織の持つ権力や闘争とは関係なく、人の〈願い〉とも関係なく、〈何か〉は遍在するのかもしれません。

079

「鬱夜」
ホセ・デ・カダルソ

往復書簡の形を取った長篇「モロッコ人の手紙」と短篇「鬱夜」、カダルソの二篇を収録した書の帯に〈理性の光ゆえにその影をも見出した彼の作品は、「理性の眠りが怪物を生み出す」(『ロス・カプリチョス』43番)時代のヨーロッパに屹立する。〉と記されています。「怪物」を「戦争」「独裁者」と読み換えたくもなる現代、と、これは私の無益な吐息です。ロシア軍による攻撃の続くウクライナから脱出して日本にきた母と女の子をネットの動画で見ました(この稿を書いている今日は、五月二十日です)。女の子は十歳で、日本の小学校に転入します。日本の公立小学校はいまだに画一的で堅苦しいところが多いのでしょうか。ずっと耳たぶにつけていた小さいピアスを、校則に従って、母の手が子供の耳たぶからはずします。風習の異なる地で、馴染みのない文字と言葉を憶えねばならない女の子の表情は、強張《こわば》り、沈んでいました。

『ロス・カプリチョス』は一七九九年に刊行されたゴヤの版画集で、八十点が収録されています。本書の口絵にもなっている43番は、机に突っ伏して眠る男のまわりに怪鳥、怪獣が乱舞する図です。

一七四六年サラゴサに生まれたゴヤと、一七四一年アンダルシアに生まれたカダルソは、スペインの同時代を生きます。カダルソは一七八二年に四十歳で没し、ゴヤが八十二年にわたる長い生の後半に体験した束の間の自由と、続く弾圧の時代は共有していないのですが、十八世紀のスペインは、かつての大帝国から凋落する時期にありました。アメリカ大陸に定住したコロニストが英本国の課す重税に反抗し独立戦争となる、その開始が一七七五年、フランス革命は一七八九年に起きます。ヨーロッパの国々が軋みながら変わろうとしていた。

カダルソの短篇「鬱夜」――内容は戦争とは関係ありません――は、戯曲のように科白だけで成り立っています。しかし戯曲と異なるのはト書きが一切ないことです。ナレーションもない。レーゼドラマの枠からもはずれると思います。「対話」と記されていますが、独白部分も多い。場所の説明も心情も行動も、すべて科白で表現されます。

三つの夜からなります。

最初の夜。テディアトなる男が、墓掘り人のロレンソに手伝わせ、教会内部地下の墓所に忍び込み、墓穴に収めた柩の蓋である重い墓石を退けようとします。石蓋が少し持ち上げられ、腐臭が洩れ、姿も垣間《かいま》見えたとき、テディアトは力尽き、蓋は閉ざされてしまいます。朝の陽が昇り始めている。いったん中止せねばならない。明日の再開を約します。

第二夜。テディアトはロレンソと約した場所に行こうと急ぐ。その途中、〈だが一体誰の声だろう？「くたばれ、くたばりやがれ」と一つの声、「殺される、殺されちまう！」と別の声。男たちが俺の方に向かって駆けて来るぞ。〉傷ついた男が倒れ、他の者は去って行く。倒れた男が〈断末魔の苦しみに耐えて俺の足元までやって来たぞ。〉お前は誰なんだとテディアトは問うけれど、〈口から大量に吐き出した血とその傷口から溢れた分で俺はすっかり血塗れだ……。死んでしまった。俺の脚を摑んで息絶えた。こちらに誰かやってくるようだ。たくさん人が来たぞ。あの態《なり》は警吏どもか。〉

殺人犯としてテディアトは捕縛され投獄されるが、その日のうちに真犯人が判明し、釈放される。

墓掘り人ロレンソと待ち合わせた場所に行くと、見知らぬ子供が泣いている。夜中の二時までここにいて、何度も通りかかる人がいたら知らせにこい、と父親に言いつけられたのに、眠ってしまった。お父さんにお仕置きされる、という子供に、テディアトは父親の名をたずね、ロレンソの息子であることを知ります。ロレンソには約束の場所にこられない事情があった。テディアトは子供と一緒にロレンソの家に行きます。

そうして、第三夜。

訳者富田広樹氏の解説によれば、本作の成立は一七七一年から一七七四年の間と推測され、公の目に触れたのは作者の没後七年経った一七八九年から翌年にかけての『コレオ・デ・マドリード』紙上だそうです。一七七五年、宮廷人であるとともに軍人でもあったカダルソは、戦地に赴く際作品を弟子に託し後に戦死。そのため発表が遅れたようです。

本作の第三夜は、ごく短く、そうして唐突な印象を与える終わりかたをしています。

そのため、「第三夜のつづき」「第四夜」などと題して別人が綴った作が、あたかも本人の遺稿であるかのような体裁で刊行されたそうです。

テディアトとはどういう男なのか。経歴も年齢も職業も、いっさい記されていません。ある程度上流階級の、経済的にも余裕のある人物であろうことは、墓掘りに対する態度や、彼に関わりのある遺骸が教会内部の墓所に収められていることから察せられます。

第一夜。違法と承知の上で石蓋を上げずにはいられない柩に横たわる腐乱屍体は、誰なのか。

御父上ですか？　墓掘りの問いに、〈勝手に俺たちを生み出し（略）奴に仕えさせるために教育し〉と罵倒の限りを尽くし、父親のみならず母親、兄弟、家族なるものを悉く罵詈雑言と共に否定します。〈それらを持つことも望まないし、俺は俺自身でさえありたくない。必然的にこれらのうちのどれかにならざるを得ないのだから。〉では、友達？　〈人間における友情の見せかけは女たちの化粧と身だしなみに等しい。嘘、偽りの美しさ……掃き溜めを覆う雪……。〉私の世代は小学生の頃、教育勅語を叩き込まれました。「爾《なんじ》臣民父母に孝に兄弟《けいてい》に友《ゆう》に夫婦相和《あいわ》し朋友相信《ほうゆうあいしん》じ」八十数年昔なのに、まだ暗誦できるわ。余談ですが、私より七つ若い山藤章二氏は「夫婦は鰯《いわし》」と子供のころ言っていたとエッセイだったか対談だったかで仰っていました。いくら棒暗記させられたって、そのとおりには生きられない。強制されなくとも心から家族を愛せる人はいるし、その逆もある。テディアトの科白は、倫理、道徳、常識、良識、小綺麗にうわべを飾ったそれらを容赦なく引き剝がし、人間の本性を剝き出しにします。もっとも現実の世で誰もが本性を露わにしたら、息もできないでしょう。幾分の化粧と身だしなみは必要で、だからこそ、建前が真実であるかのごとく装《よそお》う教条的な作の、対極にある作に私は惹かれるのかもしれない。理性は、本性を熟知した上で、それを制御する力であると思います。

旦那はこの人の亭主だったのか、という墓掘りの問いにテディアトは答えない。遺骸が誰なのか。テディアトが深く愛していた――今も愛している――相手であることだけは彼の独白から明らかです。〈あなたは俺がまもなくそうなるであろうものの似姿。すぐにこの墓へ戻り、あなたを家へと連れ帰ろう、そして俺の隣で寝台に横たわるがいい。(略) 愛しき亡骸よ、息を引き取る間際に俺は家に火を放とう。そうして俺たちは家の灰に塗れながら塵に還っていくのだ。〉

第二夜で、子供はテディアトに、父親がなぜ家に留まっているか、事情を話します。子供の祖父――ロレンソの父親――が今朝死んだ。子供は八歳で、下に六人の弟がいる。そのうち二人は疱瘡にかかり、別の一人は入院中。妹はいなくなった。母親――ロレンソの妻――は最近赤ん坊を産んで体の具合がひどく悪い。〈お父さんは悲しくて今日は一日何も口にしていないの。〉

子供を連れてロレンソの家を訪れたテディアトは呼びかけます。〈運命はおまえにこれほどの悲惨を与え、かわいそうなおまえの子供たちにそれはより大きくなってのしかかる……。〉良識的な作なら、テディアトはロレンソを励まし、不幸な者が力をあわせて運命を乗り越え、生き抜こう、となるのでしょうが、テディアトが運命に対抗する道として選んだのは、死によって勝利することでした。

第三夜。約束の場所でテディアトは墓掘り人を待ちます。〈運命よ〉とテディアトは独白で呼びかけます。〈美徳、勇気、思慮深さ、すべてをおまえは踏みつけにする。玉座に座る権力者や書斎の賢人も、掃き溜めの物乞いやこの俺に比べておまえの厳格さから免れているということはない。〉そこにやってきたロレンソは、自分を滅ぼすよう天に頼んでくれとテディアトに請うほど絶望しきっている。

敵に立ち向かう戦士のように欣然と、テディアトは言います。〈そのつるはしとその鍬……ほかの人間の目には不吉な道具と見えようが……俺の目には崇高と映るその道具でもって、おまえは俺の幸福を助けてくれるんだ。〉友よ、という言葉をテディアトは口にします。〈歩もう、友よ、歩んでいこう。〉これが最終の一行です。

現代では、死を肯定することは、不健全、不穏当と顰蹙を買うでしょうが、どれほどの苦痛に苛まれようとにかく生きることのみが尊いという今の風潮は、時に残酷ではないかと、私は思うのです。どんな状態であろうと生きていたいという本能は、何にも増して強烈だけれど、それを上回る苦痛もあります。死を望まない者（人の大多数です）の生を他者が断ち切ることは、もちろん許されざる罪ですが。

080

『無垢なる花たちのためのユートピア』
川野芽生

書店の詩歌の棚で、何気なく一冊の歌集を手にとりました。帯に記された二首の短歌

harass とは猟犬をけしかける声
その鹿がつかれはてて死ぬまで

詩はあなたを花にたぐへて摘みにくる
野を這ふはくらき落陽の指

にたいそう惹かれ、入手しました。

短歌に疎い私は、この歌集『Lilith』で初めて歌人川野芽生を知ったのでした。第一歌集であるこの書によって現代歌人協会賞を受賞されたことは後に得た知識です。

現代の口語で日常を歌う作が多いなかで、雅語を駆使し、和洋を問わぬ学識に立脚して、内面に迫る川野芽生さんの短歌は新鮮な魅力、迫力があり愛蔵する一書となりました。

〈わたしが失語にも似た状況に陥ったのは、大学という学問の場に足を踏み入れたときで、そのときはじめてわたしは、自分が特定の性に、言葉や真実や知といったものを扱い得ないとされる性に、分類されることを知ったのでした。〉

『Lilith』のあとがきでこの一節を読み、驚きました。学問の場で、いまだに、女性は低い立場におかれるのか。略歴によれば、川野芽生さんは東京大学大学院に在学中とあります。

かつては、女性の高等教育は女子専門学校止まりで、男性の通う四年制の大学には受験すら叶わなかった。東京女子大も日本女子大も、名称は大学でも実態は三年制の専門学校でした。四年制の大学になったのは戦後です。東大が女性を受け容れるようになったのは、敗戦の翌年でした。私が生まれ育ったのは、家父長制度を絶対とし、女に学問は不要、早く結婚して夫に仕え、子を生み育てよと枠をはめられる、女性には息苦しい時代でした。しかし生まれたときからそれを当然とする中で長らく歳月を送ったので、私の中には無意識ながら男上位の残滓《ざんし》があるかもしれません。自戒を要します。

敗戦の後、男女平等と謳われてもその弊風はなかなか改まらなかった。でも現代の大学で今なおジェンダーの違いによる抑圧があるとは思い及ばぬことでした。無知でした。

歌人川野芽生さんの小説家としては初の上梓である『無垢なる花たちのためのユートピア』は六篇の短篇からなります。

冒頭におかれた表題作は、白菫、矢車菊、冬薔薇など、それぞれ花の名を持つ七十七人の無垢な少年たちが七人の導師にみちびかれ、戦乱で荒れ果てた地上を離れ天翔る船で空の楽園を目指すという、一見、ファンタスティックで甘やかな設定です。しかし、そこで作者が描き出すのは、人間の醜さ、弱さ、そうして勁さをも抉り出す、鋭い哀しみです。

掉尾の「卒業の終わり」では、性の二分化、女性は男性の利便のために存在する、その不条理が、これもファンタスティックな設定のもとに激しく顕れます。映画「エコール」のような、外界から遮断されて少女たちだけが暮らす学園。教師もまた女性のみです。名前は月魚、雲雀草、雨椿など、現実の日常性からはなれています。映画「エコール」では学園の裏の顔が観客に明かされ、やがて卒業年齢に達し外に出された少女たちの一人が広場の噴水を楽しむ、明るく見えるけれど不穏をひめた場面で終わりますが（正確かな？ 昔観ただけなので、記憶違いがあるかも知れません）、本作の少女たちは、卒業して外の社会に出て行き、必ず、二十五歳までに死亡します。外の社会はそれを当然としている。学園の教師はすべて同校に在籍し卒業後そのまま教職に残った者ばかりなので、二十五歳までの死を免れています。この奇妙な状態の理由は、歌集のあとがきと直結しています。学園の生徒には、苗字がない。外の社会に出て結婚することでようやく相手の苗字を名乗るようになる。リアルな現在でも、女性は結婚すると相手の姓を名乗らねばならない。別姓の選択を求める声がようやく女性の側から上がり始めたけれど、行政は許可するつもりはないようです。学園の少女の名前が非日常であるのに対し、外界の男性はフジノ、コガなど、現実にある姓がカタカナで表されています。これは効果的な命名法だと思います。少女の名前が現実のものであれば、その個人の話に限定されてしまう。非在の名を用いることによって、主題は普遍的な象徴性を持つ。そうして男性が姓で書かれることで、外の社会では「女性は男性のために存在する」が明確になります。

それを超えようとする力が生まれつつあることを、ラストは示します。明確な決定ではない。躊躇《ためら》いを繰り返し、〈それから。〉と物語は一応閉ざされます。

以前にも記しましたが、当図書館の開設は、今では入手しにくい書の紹介が目的で、引用を多用し、あらすじをかなり詳細に述べてきました。しかし、本書は六月に刊行されたばかりで、拙文が掲載される八月でも店頭にあるでしょうから、これ以上内容には触れないことにします。

本書には、石井千湖さんの実に適切な解説が付されています。内容をつまびらかにせずに作の本質を摑み顕示するという難事が成されています。

その解説に、短歌ムック「ねむらない樹」誌上に掲載された山尾悠子さんとの往復書箇の一節が引かれています。女性同士の手紙のやりとりからなる短篇「白昼夢通信」（本書所載）についてです。孫引きします。

〈私は性別のない存在でいたいのですが、性別を感じさせない文体で書こうとするとこの世界ではそれは無徴な「男」の文体になってしまうのかな、と思うと難しいですね。〉

石井さんはこの〈指摘に目を瞠《みは》った。〉と記しておられます。私もはっとしました。強いられた〈女性〉性から女性が脱しようとするとき、しばしば〈男性〉性に近づかざるを得なくなる。男性的な振る舞い。男装。

フランス語、ドイツ語などは名詞に女性、男性の別があるけれど、その名詞の語尾や冠詞などに変化があるぐらいで、文体そのものに影響はしない。日本語の場合、主語からして異なる。「私」は両性に共通するけれど、「俺」「僕」「儂」「余」は女性は用いない。

いつものように脱線しますが、中世の異国を舞台に書いているとき、少年の会話の主語に困ります。「僕」を使いづらい。男性の一人称「僕」が一般に広く使われるようになったのは明治以降だからでしょう。日本語による会話や手紙文も、女性と男性では異なりました。今は、若い女性の砕けた話し言葉は性差が接近している……女性の言葉が男性のそれに近づいている、と感じます。

これも余談ですが、女性の言葉も時代によってずいぶん異なります。時代物の小説で、江戸の娘が大正頃の山の手のお嬢様言葉を使っているのを読むと違和感をおぼえます。私自身、書き始めた頃やらかしていますが。

話を戻します。

女性同士の手紙を〈「女性らしい」と言われるであろうような文体であえて書きました。〉と作者は記し、解説者は、その文体で作者が〈物理的な肉体に縛られない世界を創造している。〉と続けます。

また、美の限界に達したとき人が人形となる病のために、市民のすべてが人形と化した街で、皮膚に火傷の跡を持つために辛うじて人間に留まった少女と彼女を保護する司祭を描くことで、人間とはどういう存在なのか、と問うていく「人形街」など、六篇のどれもが、写実的なリアリズムとは異なる設定によって、現実が偽善で覆い隠した真実をいっそう鮮やかに剔出《てきしゅつ》しています。

安易なハッピーエンドは現実の苦痛に苛まれる者の救済にはならない。かくあるべしと断定することはできない。

時に神話を思わせる。時に幻夢の再現に似る。現実から遠く離れているようで実は現実の苦さ、辛さを作者が切に感知すればこそ開花した六篇です。

絶望を知り、不条理を知り、虚無を知ってもなお、生き続ける。打ちひしがれたままではいない。むしろ、そこを起点に、模索し、生きる。

これも石井さんの解説で知ったのですが、作者は、〈(略)言葉によって世界を作り変えることもできるはずである。〈現実〉の遺伝子を組み替える言葉、それが幻想だとわたしは考えている。〉と「短歌研究」誌に記しておられるそうです。不条理を識るごとに、作者はそれを露呈させ真実をみつめる世界を、創り続けていかれるでしょう。

081

『人はなぜ騙すのか――狡智の文化史』山本幸司
『理不尽ゲーム』サーシャ・フィリペンコ

『人はなぜ騙すのか』の「エゴと倫理観」という章を興味深く読みました。創作をしている身として、感じるところがあったからです。

ホメロスの『オデュッセイア』にオデュッセウスの船が怪物に襲われ、船員六人が食われたエピソードがある。生き残った者たちは必死に漕ぎ抜け、ようやく次の島に上陸し、休息し、食事を済ませ満腹してから、怪物に食われて死んだ仲間たちを思い出して泣いた。オルダス・ハックスレーがこれに触れて、近代文学者なら、船員たちは船を漕ぎながら死んだ仲間たちを思って泣いた、などと書くだろう、なぜなら、そのほうが作者の個人的良心が安らかになるからだと言っている。それを伊藤整が『改訂　文学入門』に引き、人間のエゴを醜悪な現実のままに描くという点で近代文学は古典に及ばないと指摘する。著者山本幸司氏はこれらを引いて、人間のエゴの醜さを、古典は剝き出しに描くが、近代文学では倫理観が働いて、人間は醜悪であっても美しい半面も持つと描かざるを得ない、という意味のことを記しておられます。本書の主題は人の狡智についての考察で、この章はそれを補強するためにあるのですが、私は表現と倫理を扱っている点に惹かれました。

現代は、伊藤整が古典に及ばないと記した近代より、表現に対し倫理の枠を嵌める傾向がいっそう強くなっていると感じます。近代文学はまだ、まったく救いのない作を発表できた。当図書館で何度も書いていますが、子供のころに読んだジュール・ルナールの『にんじん』もジュリアン・グリーンの『アドリエンヌ・ムジュラ』も、ストリンドベリの諸作も、人間の醜さが抉り出され、ひとかけらの救いもない。だからこそ、これが真実だと当時強く思いました。周囲の大人の裏表、子供の残酷さ、自分自身の中にある醜さ、それらを身にしみて知っていたからです。現代でも、戦後まもないころの日本の創作は、野間宏にしろ安部公房にしろ椎名麟三にしろ石上玄一郎にしろ、暗鬱なものを暗鬱なままに記し、生半可な救いなど寄せつけない強さがあった。二十一世紀の今は、ラストに救いがある、読後感が爽やか、などが高く評価される傾向がある。作者自身は正しい倫理観を持っているのだとどこかで示さねばならない、読者に不快感を与えてはならない、という枷《かせ》を感じます。私が幼時を過ごした渋谷の街は汚く、不潔だった。それを示す言葉がみんな差別語、不快語として使用禁止になったので、あからさまに描くことができません。せいぜい、貧窮が露骨に表面に顕れていた、と言えるくらいです。現代の人物を差別語で呼ぶのは当然不可ですが、過去の時代において明らかに存在したものを非在にしたら、その時代の上澄みしか書けません。というようなことを呟いても蟷螂《とうろう》の斧で、自分が潰れるだけです。話題を変えます。

半世紀にもなろうという昔、「ソ連」を旅したことがあります。

現地ガイドさんは三十代に見える男性でした。移動のバスの中で、どういう話の流れだったかおぼえていないのですが、突然、自分はロシア人ではない、ベラルーシだ、と語気強く言いました。かつては、日本では「ベラルーシ」は「白ロシア」と地図などに記されており、当時、何の知識も持たなかった私は、白系ロシア人と何か関係がある場所なのかなどとアホなことを漠然と思っていたのでした。戦前、市井の開業医であった父の患者さんに、ボリシェヴィキによる暴力的革命――皇帝一家は幼い皇太子まで惨殺されました――のため国外に亡命した白系ロシア人がいました。若い女性でしたから、両親の亡命先である日本で――あるいはどこか他国で――生まれ育ったのでしょう。亡命者の淋しさを学齢前であった私も漠然と感じたのでした。

ベラルーシの白《ベラ》は、共産主義の赤に対する白とは無関係でした。

『理不尽ゲーム』の作者サーシャ・フィリペンコは、訳者奈倉有里氏の解説によれば、一九八四年ベラルーシのミンスクに生まれ、後にロシアに渡り、サンクトペテルブルクの大学に入学、テレビ局に勤務。本作は、二〇一二年、雑誌に一部載せたのが出版社編集長の目にとまり、二〇一四年にモスクワで単行本として刊行されると、ロシアで「ルースカヤ・プレミヤ賞」（ロシア国外に在住するロシア語作家に与えられる賞）を受賞し好評を得たそうです。冒頭におかれた作者からのメッセージによれば、ミンスクの書店では在庫があっても店頭に置くことは許されず、ベラルーシ国立図書館に配架することには厳重な注意喚起がなされ、いわば禁書扱いになっているそうです。

ソビエト連邦が崩壊し、東欧諸国が一応独立国家となったのは一九九一年でした。一九九九年、音楽学校の生徒、十六歳のフランツィスク（愛称ツィスク）は、事故に巻き込まれ、昏睡状態のまま十年を過ごします。奇跡的に覚醒した二〇〇九年。独裁政権下における理不尽きわまりない状態のなかで、知識は十六歳のままの青年ツィスクは途惑う。厳しい言論統制。政策に疑問を持つことさえ許されない。反対の声を挙げれば逮捕される。黙っているか、殺されるか、その二択しかない。

悲惨な状況ですが、文章はかろやかで構成も巧みで、読者への訴求力も強いと思います。

奈倉有里氏の解説はたいそう懇切に、ベラルーシの政情、ロシアとの関係、本書の特色を記しておられます。

先に記したように本書がモスクワで刊行されたのは二〇一四年ですが、ベラルーシの独裁体制はいっそう強化され、二〇二〇年に行われた大統領選挙では、不正なやり方で独裁大統領がまたも当選し、大規模な抗議デモは警官隊による暴行、銃殺、投獄で鎮圧されています。

本書の邦訳は二〇二一年三月三十日に刊行されました。発売当時話題になり、書評も多く書かれています。現在も入手は容易であり、豊崎由美さんの熱のこもった適切な書評——昏睡が何の隠喩かなど——をネットで読むこともできるので、意識の無い孫に語りつづけるおばあちゃんの素晴らしさや友人のことなど、内容に深入りして記すのは控えます。

邦訳刊行からほぼ一年後の今年——二〇二二年二月二十四日、プーチン独裁下のロシアがウクライナに侵攻し、現在——七月二十六日——まだ続いています。ロシアを支持する国として、ルカシェンコ大統領独裁下のベラルーシに関する報道が増えました。大統領の親露政策に反対する者は弾圧される。

いま、十二世紀頃のバルト海交易を素材にした物語を書いているので、このあたりの歴史を一夜漬けで勉強中です。その一夜漬けの知識で、ベラルーシとウクライナの歴史的な側面に少し触れてみます。現在東欧、中欧と呼ばれる一帯の国々は、時代によって国境が大きく変わり、たいそう複雑で、このわずかなスペースでは正確に精密には記しきれませんが、ベラルーシ、ウクライナは、そもそもはキエフ大公国（ルーシ）の一部でした。ルーシはさらに北のノヴゴロドあたりまで包含しています。大公の統率力が弱まり、幾つもの公国に分かれます。ポロツク公国が現在のベラルーシのあたりです。ウクライナはキエフを中心とした幾つかの公国からなります。

ルーシは、十三世紀、タタール（モンゴル）に制圧された後、リトアニア、ポーランドに併合されます。

リトアニアは、現在はエストニア、ラトビアとともにバルト三国と呼ばれる小さい国ですが、中世においては、広大な領土を持つ大公国でした。大公がポーランドの女王と結婚し、ポーランド王を兼ね、ポーランド貴族の影響力が強くなります。モスクワ大公国はルーシの辺境の小さい公国でしたが、勢力を広げ、強大なロシア帝国を造り上げます。大国ポーランドは弱体化し、十八世紀、隣接する強国プロイセン、オーストリア、ロシアに、数度にわたって領土を奪われ、ついに消滅します。そのとき、現在のベラルーシに当たる地域はロシアの勢力下に、ウクライナに当たる地域の西部はオーストリアに併合され、東部はロシアの勢力下に入ります（これで正確かな）。

ベラルーシもウクライナも、独立した国家となるのはロマノフ朝の帝政ロシアが滅亡してからで、ウクライナが独立を保つためには、ボリシェヴィキのロシアとの凄惨な闘争を経ねばならなかった。

あ、紙数が尽きます。ソ連の解体で、ベラルーシもウクライナも完全に独立しますが、ベラルーシは一九九四年以降、現在に至るまで四半世紀余、親露の大統領の独裁政権下にあります。

理不尽ゲームはツィスクの仲間たちが始めた遊びで、みんなが集まり、ひとりずつ理不尽な話をする。その話は事実でなくてはいけない。独裁政権下の滑稽なほど理不尽な事実が、次々に語られます。物語はいったん終わりますが、理不尽な事実は今なお続いています。ゲームは終わらない。

082

『ロシア的人間』井筒俊彦『夕暮れに夜明けの歌を　文学を探しにロシアに行く』
奈倉有里『ぼくはソ連生まれ』ヴァシレ・エルヌ

〈ロシアは今日、世界の話題《トピック》である。誰一人ロシアに無関心ではいられない。人類の未来とか、世界の運命とか、人間的幸福の建設とかいう大きな問題を、人はロシアをぬきにしては考えることができない。〉

『ロシア的人間』序章の冒頭の一節は、二〇二二年の現在にそっくり当てはまるのですが、本書が弘文堂から刊行されたのは一九五三年――昭和二十八年――二月でした。一九七八年、江藤淳氏の勧めにより北洋社から再刊され、さらに一九八九年、中央公論社から文庫版が出ています。その中公文庫が改版出版されたのが、今年の七月です。著者井筒俊彦先生は一九九三年に他界されましたが、今こそ多くの読者の関心を惹く書だと版元が判断したのでしょう。私もこの改版で遅まきながら読みました。ロシアはどうして、頑強に、西欧と対立するのか。

民主主義国家は資本主義と結びついている。資本主義は決して理想的ではない。貧富の懸隔《けんかく》が甚《はなは》だしくなり、弱者は踏みしだかれがちだけれど、それでも社会主義の「ソ連」に比べれば、はるかにましだったと私には思えます。共産党独裁のソ連では、一部をのぞく国民の大半が平等に貧しく、物は乏しく、監視される怯えを持っていた。ソ連を旅したとき、入国に際しては手持ちのドルの額を申告しなくてはいけないのですが、私はうっかり、財布とは別の場所に入れた分を申告し忘れていた。たいしたこととは思わずレニングラード（現サンクトペテルブルク）の現地ガイドさんに話したら、ガイドさんは唇まで白くなり、険しい目で私を見据え、官憲に知られたら直ちに逮捕、投獄される、自分も咎めを受ける、隠し通せと言いました。幸い見咎められずに出国できましたが、深刻な状態だったのだと、今になって思います。

資本主義国家でも、民主的方法で選ばれた一党が大多数の議席を獲得し独裁的権力を持ったら恐ろしいことになる。国政に何の見識も持たない人物でも、知名度が高ければ選挙で勝ち、議席を得る。議席を増やしその数を維持することだけが政党の目的にな

『ロシア的人間』井筒俊彦『夕暮れに夜明けの歌を 文学を探しにロシアに行く』奈倉有里『ぼくはソ連生まれ』ヴァシレ・エルヌ

る。

政治や経済に関しては子供同然の私は正確な判断ができないし、それらに興味もなかったのですが、関心を持たざるを得ない今の状況です。ニュースで報じられる上辺の動きしか、私は知るよしがない。その上辺だけでも、昨今は行政の膿が溢れ出てきて、膿の海で辛うじて息をしている。この稿を書いている今日は、八月三十一日です。掲載される十月初旬、世の中はどうなっているのだろう。

独裁者スターリンが死亡したのは一九五三年の三月でした。本書はその一ヵ月前に刊行されたのですが、著者後記（北洋社版）によれば、〈実際に執筆に取りかかったのはそれより約五年前にさかのぼる。〉とあります。昭和二十三年。WWⅡの終結から三年後です。

WWⅠの末期、凄惨な革命により帝政ロシアが瓦解し、一九二二年共産党独裁のソヴィエト連邦が成立し、WWⅡで勝利した後、制圧した東欧諸国を衛星国としたソ連は、一九九一年末崩壊し、というような歴史は周知のことなので略します。

本書の特質を、佐藤優氏が丁寧に解説しておられます。〈井筒氏は、マルクス・レーニン主義という外皮にはほとんど関心を持たなかった。ソ連という国家を成り立たせているロシアについて考察する。（略）国家は人間によって形成されている。井筒氏は、この国の人間に興味を持ち、考察を進めたのである。〉

著者後記（北洋社版）にも〈十九世紀ロシア文学の発展史を通じて、ロシア的実存の秘密を探りながら、同時に、より一般的に、哲学的人間学そのものの一つの特異な系譜を辿ってみようとした〉とあります。

私の浅い知識とおぼつかない理解力で、どこまでこの書を読み込めているか心もとないのですが、ロシア人の心性を「カオス」と表現しておられると思います。

〈太古の混沌、一切の存在が自己の一番深い奥底に抱いている原初的《エレメンタール》な根源、人間を動物や植物に、大自然そのものに、母なる大地に直接しっかと結び付けている自然の靱《じん》帯《たい》。西ヨーロッパの文化的知性的人間にあっては無残に圧しつぶされてほとんど死滅し切っているこの原初的自然性を、ロシア人は常にいきいきと保持しているのだ。〉

〈過去数世紀にわたって、西ヨーロッパの知性的な文化人にとっては、原初的自然からの遊離は何ら自己喪失を意味しなかった。逆にそれは人間の自己確立を意味した。

（略）ロシア人はそれとは違う。彼にとっては原初的自然性からの離脱は直ちに自己喪失を意味し、人間失格を意味する。〉十九世紀のロシア文学、プーシキン、ゴーゴリ、トゥルゲーネフ、トルストイ、ドストイェフスキー、チェホフなどの作品からフレーズを引きながら「ロシア人」の特性が語られます。

十三世紀から十五世紀に至るおよそ三百年の間、ルーシはタタール（モンゴル）に支配され、ロシア人はこれを奴隷状態であったと認識します（実際は、タタールの支配はそれほど苛酷ではなかったとも言われますが、屈辱的であったでしょう）。モスクワ大公国のイヴァン三世がタタールの軛を断ち切り、〈ロシア史上最初の強力な中央集権的統一国家が、典型的な神権政治の形態をとって成立した。この国家を世にモスコウ公国と呼び、その支配の続いた二百年間を歴史家はモスコウ時代と呼ぶ。〉〈ツァーリ及び教会は民衆を欺瞞《ぎまん》するために、ロシアの世界救済という夢をこれに与えた。民衆は欺瞞に気づかなかった。〉〈ロシアは「最高の真理」を捧持する地上唯一の民族であって、やがてロシアが中心となって世界は救済されるだろうということの特徴ある思想——というより幻想——をロシア人が抱くようになったのは韃靼人（筆者註・モンゴル）時代に続く

モスコウ時代のことであった。〉

今のベラルーシやウクライナ西部にあたる地域は、その当時、リトアニア、ポーランドに併合されていた。それゆえ、モスクワを母体とするロシア人とは心性が異なるのではないかと思います。

十八世紀、ロマノフ王朝のピョートル一世が、ヨーロッパの文化を取り入れる目的で、ネヴァ川がフィンランド湾に流れ入る一帯の沼地にサンクトペテルブルクを、強引きわまりない冷酷なやり方で、建設した。古いモスクワ・ロシアは叩き潰されます。〈ピョートル大帝はレーニンの先駆者、十八世紀のレーニンであり、彼の決行した暴力的な国政改革は、コミュニズムの暴力革命の原型であった。〉

WWI末期の革命当時、共産主義者のテロ行為は帝政時代の憲兵隊のテロリズムと同じだという非難に、トロツキーは、目的が正義と真理であるなら、どんな種類の暴力もすべて正しいと応じた、と本書に記されています。本を読みあさっていた子供のころ、ロシアの小説に惹かれ、ことにドストイェフスキーに魅了されたと、私はエッセイに書いたり対談で喋ったりしてきたのですが、上っ面だけ——鉋《かんな》で削り取った薄い表層だけ

――を楽しんでいたのだと、本書を読みながら痛感しました。

書き始めてから少し日をおいてしまい、今日（九月二日）、ロイターの記事をネットの邦訳で読みました。ロシア大統領は、ロシア及びその占領地区の学校では政府が承認した歴史を学ぶべきだと、占領地区で講演したとありました。信憑性は私にはわかりませんが。戦前、日本の小学校の教科書はすべて国定で、歴史の教科書は「神武天皇の東征」をそのまま事実として載せていました。弥生時代も古墳時代も私たちは教わらなかった。日本は特別な神国なのだと刷り込まれて育ちました。敗戦と同時にアメリカの娯楽文化――軽薄で単純と感じました――が怒濤のように押し寄せ、日本はあっけなく飲み込まれた。

日本人のすべてを日本的心性を持つと括ることができないように、十九世紀の文学をもとに現代のロシア人を一括りにすることはできないし、ロシアのウクライナ侵攻も、〈ロシア的〉の一言で片づけることはできないでしょう。が、ロシア大統領はトロツキーの言葉を実行しているとも思えます。アメリカも亦、自国の「正義の暴力」を肯定している。

ソ連は、その国の住民にとってどんなふうだったのか、それを知らせてくれるのが、『夕暮れに夜明けの歌を』『ぼくはソ連生まれ』です。

前回に記した『理不尽ゲーム』の邦訳者でもある奈倉有里氏は、二〇〇二年、ロシアに留学、ゴーリキー文学大学を卒業されます。『夕暮れに夜明けの歌を』はその日常を綴ったエッセイです。明晰な知性で事象を描く筆致がすばらしい。〈いかに無力でも、それぞれの瞬間に私たちをつなぐちいさな言葉はいつも文学のなかに溢れていた。〉今、版を重ねています。より多くの方に読まれますように。『ぼくはソ連生まれ』の著者ヴァシレ・エルヌ氏は、訳者篁園誓子《たけそのせいこ》氏の解説によれば、一九七一年、当時ソ連を形成する一国であったモルドバ共和国（ルーマニアとウクライナに挟まれた小面積の国）に生まれ育ち、ルーマニアの大学で学び、同国で執筆活動をしています。デビュー作であり、ソ連での少年時代を綴ったエッセイ集である本書は、ルーマニアで好評を博したものの、共産主義時代の負《ふ》の側面を取り上げずノスタルジーに浸り、事実を歪曲しているると非難を受けもした。今回のウクライナ侵攻については、断固反対の意思表明をしているそうです。

083 『きらめく共和国』 アンドレス・バルバ

昨年（二〇二一年）取りあげた『万博聖戦』（牧野修）は、大人を子供の側から否定した作ですが、アンドレス・バルバの『きらめく共和国』は、逆に大人の視点で子供たちの集団の不可解な行動を記します。

ハーメルンの笛吹き男の伝説では、子供の集団が忽然と消え失せますが、本作では、得体の知れない子供の集団がサンクリストバルと呼ばれる町に忽然と現れます。

一九九三年四月。鬱蒼と茂る緑の怪物のようなジャングルと黄濁した川の向こうにある街サンクリストバルに、〈私〉は社会福祉課の管理職として赴任します。先住民を指導して農作物を栽培させるのが〈私〉に与えられた職務でした。

任命されたとき、〈私〉は、かねがね恋していたサンクリストバル出身の女性――三歳年上で、別れた前夫との子供がいる――に、嬉々として結婚を申込んだのでした。

〈経済的な事情で離れなければならなかった故郷の町に、恵まれた状況で戻れることを、口には出さないが彼女が非常に喜んでいるのを、私は知っていた。〉〈私〉の家族の状態がしっかり描かれていることが、本作の基盤を確たるものにしていると思います。

〈私〉の運転する車が野良犬をうっかりはねてしまうのは、本筋には関わらないのに欠くことができないエピソードです。

〈貧しい地方だとの覚悟はあったが、現実は想像をはるかに超えていた。〉

〈ところが、しばらくして気づくと、車窓から見えていたサンクリストバルの貧しさは跡形もなく消えていた。（略）ジャングルの強烈な緑、地面のきらめく赤、目を細めずには見られない、日差しが照りつける空の青、岸から岸まで四キロあるエレ川の濃厚な茶色。初めて見るこの色の競演に匹敵するものは、私の脳内のどこにもなかった。〉

〈サンクリストバルの問題は、困窮がいつでも絵のような美しさと隣り合わせになっていることだと市長は言った。〉

この部分は、ラスト近くで描かれる、汚穢《おわい》の空洞にできあがった子供たちの〈きらめく共和国〉と照応します。

未開のジャングルに近接した町サンクリストバルは、一九九〇年代半ば、〈小規模農は自力で生産性をあげ、中産階級の地位を向上させ（略）小売店は繁盛し、蓄えと軽薄さが増加した。〉貧しく薄汚れた、学校にも通えない先住民ニェエの子供たちもいるのですが、〈サンクリストバル社会は、それを仕方ないこととみなし、先住民であることでその窮状は黙殺され、ある意味で見えなくなっていた。（略）ニェエの子どもたちが貧しく、読み書きできないのは自明のことだった。〉

〈子どもたち――私たちの子どもたち――は、調和した景観の装飾品のひとつ〉でした。

つまり、サンクリストバルの町には、二種類の子供が存在したのです。市民の――私たちの――子供と、先住民の子供。

町にひたひたと入り込んできた〈よその子どもたち〉は、そのどちらでもなかった。奇妙で不可解な言葉を喋る子供たちは、数人のグループにわかれ、巧みで暴力的なやり方を用い、通行人から所持品を掻っさらい、小売店を襲って売り上げ金を奪い、どこかに消える。町の中で楽しそうに遊んでいたりもする。集団には、リーダーシップをとる者がいるのが普通だけれど、この子供たちを統率するリーダーはいないらしい。

職務柄これらの事件に深い関わりを持った〈私〉が、二十二年後に、当時の新聞記事や、後に発表された本や論文などの引用をまじえて記したという形式なので、幾つもの視点から事件は考察されます。

当時十二歳であった少女が、そのころの日記を二十五歳になってから刊行し、ベストセラーになります。子供たちの言葉を、少女は理解することができました。異国語ではなかった。彼女は、友人とこっそり連絡をとるために、簡単な暗号を考案していました。言葉のまん中か語尾に、「か行」音を加える。「えんぴつ」を「えんぴきつ」にするなど。奇妙な子供たちは、それをもっと複雑にしたり音を入れ替えたり、新語を造り出したりしているのでした。ちょっと脱線します。私が子供だったころ——戦前です。八十年あまり昔だ——、ノサ言葉というのがありました。いつごろから始まっていつごろまで伝わっていたのだろう。単語の中にノサを入れてわかりにくくします。「明日」なら「あのさした」、「お前」は「おのさまえ」。文字の間一つ一つに「か行」を入れるやりかたもありました。「あかしきたか」「おこまかえけ」。

　九歳から十三歳までの子供たちの個性は、あえて書き分けられていません。三十二人の行動は、一つの照魔鏡のように大人たちの偽善を暴き出しもします。〈サンクリストバルのクリスマスには雪も七面鳥の丸焼きもなければ、サンタクロースも来ない。十二月のうだるような暑さがあるだけだ。〉そうして、〈幸福な人々と悲惨な状況にある人々の違いが〉残酷なほどあらわになる時期でもあります。

　クリスマスの少し前、社会福祉課は、恒例の「助け合いキャンペーン」――この呼称自体がすでにまやかしを含んでいます。助け合うのではない。一方が一方を扶助するのです――を行いました。恵まれない家庭に物資を配付するのですが、この年は趣向を凝らして、夜の間に玄関先にこっそり置いておくという方法をとりました。〈会議の退屈しきった空気の中から飛び出した〉思いつきでした。翌朝、それらのプレゼントはすべて、包装を破られ容器を潰され、中身が路上に散乱していた。飢えを充たすためではない。米や小麦粉は撒き散らされ、子供たちが行政の施策を嘲笑しているようにさえ〈私〉には感じられたのでした。

スーパーマーケットの襲撃事件が起きたのは、クリスマスシーズンが終わった直後の、一九九五年一月七日でした。

三人の子供がスーパーマーケットに入り、飲み物を盗もうとして警備員に捕まる。防犯カメラがその始終を映している。警備員は容赦なく残忍に痛めつけ、客たちはただ眺めている。それがきっかけで、子供たちのほぼ全員がスーパーマーケットを襲い、死者も出る大惨事になる。〈子どもたちは店に入る前には犯行の意図はなく、遊びが嵩じて調子に乗り、悪ふざけの延長で殺人に至ったのではないか〉という説が、〈私〉にはもっとも納得がいくものでした。

子供たちは一斉に消える。ジャングルに潜んだのではないかと、捜索が開始される。姿は見えない。だが、彼らの気配が、〈私たちの子どもたち〉に影響を与え始める。

〈子どもにとって世界は、大人という監視員のいるミュージアムのようなものだ。(略)その世界で、子どもたちは愛と引き換えに、無邪気さという神話を支えることを強いられる。無邪気なだけでは足りず、無邪気さを演じることも要求される。〉

大人は、大人に都合のよい規律と秩序の範囲におさまる子供しか認めない。

たいそう聡明な若い知人が、ご自分の子供の様子について、私に語ったことがあります。

子供って、海が好きなのねえ。

子供って、どんな環境にもすぐに慣れるのねえ。

子供って、無邪気ねえ。

大人の作った秩序、規律に従わなければ、社会は成り立たない。だが、その秩序・規律が必ずしも正しいとは限らない。

ここで『蠅の王』を連想するのは当然ですが、もう一つ思い出した古い映画があります。「首輪のない犬」（一九五五年制作・フランス）。極度の貧困が生み出した浮浪児（今は使用禁止の言葉かもしれませんが、当時そういう存在はいたのです。他の言葉では、実情を表現できません）とそれを救済しようとする大人。しかし大人の温情は必ずしも子供本人が切望することとは一致しない。日本でも、大空襲を初めとする戦禍で家族、住まい、すべてを失い孤児となった子供たちが、上野駅の地下道などを塒とし、盗みや掻っ払いをしてでも自力で生きていかねばならず、路上で占領軍兵士の靴を磨き、靴磨きには彼らのわずかな稼ぎの上前をはねる親分がおり、暴力団の手先に使われたりし、当局は彼らを「狩り」(これも非道な言葉ですが、当時、そう表現されました)、施設に放り込んだ、そういう時期がありました。いま、当時を再現したフィクションを書いたら、大半の言葉や表現にチェックが入るでしょう。それらの言葉をどのように言い換えても、子供たちが「狩られる浮浪児」として生きるほかなかったことは変わらない。

大人たちから見れば危険な異物である三十二人の子供たちは、〈命を落とした〉と本作の冒頭で明かされています。彼らだけのきらめく共和国の中で。

084

『蝶を飼う男　シャルル・バルバラ幻想作品集』
シャルル・バルバラ

今はどうなのでしょう。戦前、小学生——ことに男の子——は、昆虫採集やその標本作りに興味を持つ子が多かったという印象が残っています。高学年になると、夏休みの宿題に採集した昆虫の標本を提出する男子生徒が毎年何人かいたように記憶します。カブトムシやクワガタが多かったのは、蝶などにくらべて扱いやすかったからかもしれません。都市の郊外でも庭に蝶や蜻蛉や蟬が訪れる時代でした。オニヤンマを捕まえシャツの胸元に食いつかせ、その胸をひっぱると頭部だけがシャツに残る。男の子たちは勲章と呼んでいました。今の感覚では残酷きわまりないのですが、それをやる子が異常に残忍冷酷というわけではなかった。普通の子が普通にやり、やがて忘れる。子供が昆虫を捕らえ殺して標本を作ること自体が、今では残酷と非難されそうです。虫が棲息できる場所も狭まり、カブトムシもアキアカネも見かけなくなったな。

蝶を蒐集する男を主人公とした『コレクター』（ジョン・ファウルズ）は、映画にもなって、よく知られています。他人と円滑な交流ができず、蝶を捕らえては標本にすることを唯一の趣味としているクレッグは、美術学生である美しいミランダを憧憬しています。フットボール賭博で思いがけない大金を得た彼は、勤めは辞め、自分の望む暮らしを始めます。郊外に一軒家をかまえ、蝶を捕らえるようにミランダを薬で眠らせ、家に連れ込む。彼の願いは、ミランダに暴行することではなく、彼女が自分を理解し愛してくれることでした。脱走しようとするミランダの気持ちを彼は理解できない。ミランダを失ったクレッグは、人間はみんな、ただの昆虫だ、ちょっとの間生きてそれから死ぬだけだ、と冷ややかに思うことで、喪失感を埋め自分の崩壊を防ぎます。淡々と次の獲物を探しに行く彼は、人ならざるものに変っています。理解してほしい、愛してほしいという感情も失せ、（美しい女性を）捕獲する。彼の目的は、ただそれだけになります。

書店の棚で『蝶を飼う男』というタイトルの本に目がとまったのは、『コレクター』

の記憶があったからかもしれません。山田英春氏の装幀にも惹かれました。五篇からなる短篇集でした。表題作「蝶を飼う男」は、二十ページほどの小品で、一口に言えば、おびただしい蝶を飼っている男がいると知らされ、見に行った、という話なのです。それなのに、読後忘れがたい。時が経つほど、じわじわ心に広がり根を張る。

蝶の飼い主は、クレッグのようないわゆるサイコパスではありません。あなたのしたことは誘拐だとミランダに糾弾されても理解できず、これほど愛しているのにわかってくれないのかと悲しみ怒るクレッグとはことなり、言動に危険性はありません。

〈私〉は、ある日メモを受け取ります。

刷毛《はけ》屋の戸口に数匹の蝶を入れた小さい標本ケースがある。ケースにはピショニエという名札がつけてあり、続いて、〈ダイコン千切器製造者。愛好家の方々は中庭の突き当たりの三階に上がって、幾年来飼育する三千匹以上の生きた蝶を見られたし〉とある。そういう意味のことが記されたメモです。ところが、誰がそのメモを書いたのか、この時点で読者への提示はありません（後のほうで、〈博物学をしている田舎のある友人〉と言及されますが）。

〈私〉はメモに記された住所に赴きますが、それは〈私の好奇心を烈しく駆り立てるものと、おそらくは、思い込んでいる人物に喜ばれようと〉思ったからです。

ところが、記された場所には、〈蝶の痕跡もピショニエの痕跡も見当たらなかった。〉

数日後、メモの主は、〈私〉に口頭で、薄布の籠の中で数百匹の蝶が動いているのを見た、と断言します。

安部公房の初期の短篇を読んだときみたいな奇妙さです。「赤い繭」がとびっきり好きです。帰る家のないおれ。足がほどけて絹糸になって、そのうち全身がほどけて、繭になる。家は出来たけれど、帰って行くおれがいない。繭を染める夕陽。

結局ピショニエは転居していたのだとわかります。元の住居の管理人が渡してくれた送り状によれば、ピショニエは自称発明家で、〈野菜を切ったり、ガラスを切ったり、彫ったり、穴を開けたり、そしてリンゴをくり抜いたり、きゅうりを絞ったりする器具〉などを考案している。でも蝶に関しては一言も触れていない。

〈私〉はようやく蝶を飼う男の住まいを尋ね当てます。辿り着くまでの無駄足は、本作において、必要であり、かつ効果的です。

ピショニエは見かけは凡庸な男で、テーブルの隅に一人座り粗末な食事を摂っているところでした。

そこで〈私〉は蝶を見ることになるのですが、三千匹が室内で乱舞しているわけではない。真鍮の針金の代わりに薄布を用いた籠の中に草花とともに二十四ほどの生きた蝶がいるのに〈私〉は気づきます。五十匹とピショニエは言い、一つ一つの種類名をあげます。陽光孔雀、妙なる貴婦人、亀甲模様蝶、血の雫、南京木綿……。〈私〉は鮮やかな色彩に見とれます。相手を喜ばせるために、うっとり加減を実際以上に誇張したので、ピショニエは気分をよくし〈私〉を隣室に案内します。そこには薄布で二つに仕切られた籠があり、片方では無数の毛虫が〈サラダ菜を齧りレースを作っていた。〉もう片方には、〈ありとあらゆる蝶が動き回り戯れていた〉。蝶の種類が述べられます。巻末に訳者亀谷乃里氏による精緻な註が付されており、おびただしい蝶についても一つ一つその学名や特徴が注記されています。ピショニエが命名したとおぼしい二、三以外はすべて実在の蝶なのでした。

最初の部屋では、蝶ばかりではなく、蟬だのコオロギだの雨蛙だのも飼われています。愛らしい雨蛙は、飼い主が名を呼ぶと水に潜る。じきに雨が降る、とピショニエは断言します。窓の外の空は青々と晴れわたっているのに。〈「雨蛙は今あるうちの最も確かな晴雨計なのです」〉。

壁をピショニエが指すと、そこには、〈大小さまざまな、蝶蛾の標本で埋めつくされた二つの大きな額〉がかかっています。ピンで止めつけられたものたちの名前が延々とあげられます。〈これらの翅は無傷の七宝細工そのものであり（略）昨日羽化したのだと思わせる鮮やかな色彩とみずみずしさを持っていた。〉

数々の生き物の剝製さえ、この部屋には満ちているのでした。徐々に〈私〉はそれらに気がつくのです。これも何だか奇妙です。最初の一瞥では何も見えなかったのか？剝製は、自分が発明した特殊な方法で製作するのだ、とピショニエは言います。

そして唐突に、発明家が如何に報われないかを切々と語り始めます。自分は迫害されている。まわりは敵ばかりだ。〈「人は私を窮乏に陥ったままにしておいて、飢えで死ぬのを望んでいるのです。（略）」〉隣人は彼の家の中にまで踏み込んでくる。洗濯女は洗濯物を返してくれない。妄想であろうと、ピショニエにとってはそれが悲惨な事実です。〈私〉は痛ましさをおぼえます。死んだほうがましだ、とピショニエは言います。〈「ただこれらのかわいい生き物たちがいなければいいのですが……」〉。

そのとき、蟬たちとコオロギたちがいっせいに歌い始めます。飼い主を慰めるかのように。再訪を約した〈私〉が外に出るやいなや、烈しく雨が降ってきます。〈何も信じなかったために、私はびしょ濡れになった。〉

作者シャルル・バルバラは、一八一七年オルレアンに生まれました。訳者解説によると、〈自身の中に狂気の種を宿していると危惧していたバルバラは、当時名を馳せた精神科医ジュール・バイヤルジェの講義を受けており、本書冒頭の献辞は、彼に捧げられている。〉

収録されている短篇の主人公たちはどれも、〈社会や慣習や法律の規範とは異なった座標軸を持ち、人々に裏切られながら、現実にはあり得ないような（夢かと思うような）幻想の世界に生きている（あるいはそうした世界を創造する）。〉バルバラが傾倒したというエドガー・アラン・ポーもまた、同様でした。

幻想を創造の資とするものは、現実から目を背けているのか。逆だと思います。現実の苛酷さ、不条理を、熟知するからこそ幻想は飛躍する。現身は常に現実に縛られています。それを見据えないわけにはいかない（アンナ・カヴァンの諸作がそうでした）。

亀谷乃里氏が、フランス本国にあっても埋もれていた本書をどれほどの熱意を持って訳されたか、訳者あとがきを読むと、ひしひしと伝わってきます。亀谷氏はフランスで学ばれました。国立図書館にも所蔵されておらず、古書店にもなく、論文の指導を受けている碩学の教授――ボードレール研究の泰斗――が唯一蔵しておられた稀覯本を、パソコンもインターネットも普及していない一九八〇年代、借り出しも憚られコピー機にかけるのも不可能とあって、接写カメラで一ページずつ撮影されたとのことでした。私の拙い紹介文が、亀谷氏の御訳業を傷つけることのないよう、また、この小文が訳者への礼を失したものにはなっていないよう、願っています。

085

『親衛隊士の日』
ウラジーミル・ソローキン

この稿を書き始めた今日は、二〇二二年十二月九日です。エネルギー関連施設をロシア軍に破壊されウクライナは厳しい冬の中です。

『青い脂』『テルリア』など痛快な奇書怪書を創出し続けているウラジーミル・ソローキンの『親衛隊士の日』が発表されたのは、二〇〇六年。十六年も前です。邦訳がハードカヴァーで刊行されたのは二〇一三年――ロシアによるクリミア併合はこの翌年です――。さらに九年後の二〇二二年二月、ロシアのウクライナ侵攻が始まりました。慧眼の書評家豊﨑由美さんが、早速、五月に本書を取り上げ、作者ソローキンの予言的な洞察力について記しておられます。

九月に本書は文庫化され、入手しやすくなりました。訳者松下隆志氏の文庫版訳者あとがきに、訳者の提案に編集者が速やかに応じ、〈本書の文庫化に動いてくださった〉とあります。訳者も編集者も、今こそ多くの読者の手に渡るべき書であると思われたからでしょう。

本書は、二〇二八年という至近未来の架空ロシアを舞台にしています。独裁的な権力を持つ統治者は、大統領ではなく、皇帝です。十六年前、皇帝の父は、西方のヨーロッパの浸透を防ぐべく長城を築き、敵対する者を熾烈に弾圧し、聖ルーシを復興しました（「ルーシ」は、キエフ大公国を中心としたロシアの古名です）。東方は中国と緊密な関係を保つべく開かれている。この近未来において、中国の影響は強大です。店頭に並ぶ品々は中国製が多く、会話の中にも中国の単語が混じる（中国語については原注が付されているのですが、この作者による注釈は、どこまで信用していいのかわかりません）。十三世紀、北方十字軍の侵攻を阻んで英雄と讃えられた、かのアレクサンドル・ネフスキーが、東から勢力を拡大してくるタタール（モンゴル）とは手を結んだことが想起されます。北方十字軍——ドイツ騎士修道会——は、異教徒、異端を許さず「征服」を目指す。ロシア正教とカトリックは相容れない。タタールは貢税を怠らなければそれでよしとし、宗教には干渉しなかったからだと言われます。タタールの軛の下でロシアは苦しむのですが。

本書の執筆当時――二〇〇六年――、ロシアとヨーロッパは経済交流があり、ことに、二〇〇五年にドイツ首相に就任した東独出身のメルケル氏は、対露外交も積極的だったけれど、ソローキン氏は露欧の融和を永続的なものと期待してはいなかったようです。西との間に長城を築き、結果として経済的に貧窮する二〇二八年のロシアは、ウクライナ侵攻によって多くの民主主義国家から経済制裁を受けている現在のロシアと重なります。

二〇二八年。帝国は身分による懸隔が甚だしい。贅沢を享受できるのは皇帝と貴族のみ、庶民のための店頭に並ぶ品々は、各品目、二種類ずつしかない。ソ連時代に訪れて知った貧困ぶりを、またしても思い出してしまった。外国からの訪客を容れるホテルは帝政時代の建物なので豪華壮麗であり、食堂の立派なメニューには料理名がずらずらと連ねてある。しかし提供する印がついているのは二、三品でした。

ソローキン氏は「文藝」誌二〇二二年夏季号に、ウクライナ侵攻を発令した独裁者に対する真摯な批判を寄稿しておられます。

〈この二十年間ずっとプーチンを覆っていた「啓蒙専制君主」の鎧がひび割れ、ばらばらに崩れた。世界はモンスターを目にした。己の願望に狂い、決断において無慈悲なモンスターを。〉

国の統率者が「啓蒙専制君主」（傍点筆者）の顔を見せているときに、その鎧がひび割れ崩れた近未来を、作者は暴き描いたのでした。辛辣で諧謔的で、奇想横溢の筆致です。タイトルどおり、皇帝の親衛隊士の特別ではない日常が描かれます。なかなかに凄まじい。写実を離れた突拍子もないものですが、二〇二二年の現実はそれに追いつこうとしているみたいです。

小説の冒頭は、その後に続く多くを暗示し包含する重要な部分です。本作の冒頭は、ことに暗示的です。

〈いつも同じ夢だ。果てしない、ロシアの、地平の彼方《かなた》まで広がる野を歩いている。行く手に白馬が見える。〉

この馬に、自分のすべてがある。馬を求めて走る。馬は遠ざかる。永遠に逃れていく。

鞭の音、叫び声、呻き声、掠れ声――極東の軍司令官を拷問したときに録音されたもの――に起こされ、皇帝には純情なほどに忠誠をつくす親衛隊士アンドレイ・ダニーロヴィチの一日が始まります。現代のロシアでは、日常生活で父称は用いないようですが、中世に回帰したような二〇二八年、身分ある人々は律儀に名前＋父称で呼び合っています。二日酔いの朝の恒例メニュー、クワスとウォッカとキャベツの漬け汁を飲んで祈禱してジャグジーに入ってから、壁の〈ニュース・バブル〉に「ニュースを！」と命じる。壁の泡《バブル》にニュースが映る（人間も会議に招集されると泡に出現するので、コロナ下のテレワークに似ています）。極東パイプラインは日本人から嘆願状が届くまで閉鎖される見通し、中国人が移住地を拡大、医師アカデミーの青瓢簞どもによる老化遺伝子の研究は完成間近、などなどのニュースを見てから身支度を調え、この日の職務につくため出発します。乗り物はメーリン（去勢馬）と名づけられた真紅のメルセデス・ベンツ。あれ、ドイツ車だ。現露大統領もベンツで視察に赴いたと非難されていたな。バンパーには犬の首、トランクに箒《ほうき》が括りつけられる。十六世紀のイワン雷帝直属の親衛隊士が騎乗する際のやり方に倣ったものです。最初のツァーリとして即位し、ロシアを強大にする一方、残虐、狂的な暴君として知られる雷帝イワン四世について、私は映画で見た程度の知識しかないのですが、ロシアやその近隣の国々の人は、明確な強烈なイメージを持っているのだろうと思います。イワン雷帝の暴政の手足となり、反抗する貴族の惨殺を行ったのが親衛隊でした。

「文藝」誌への寄稿で、ソローキン氏は痛切に記しておられます。〈ロシアでは権力はピラミッド型になっている。十六世紀にこのピラミッドを築いたのは、イワン雷帝、偏執病や数多くの悪徳に取り憑かれた野心的で残酷なツァーリだ。「オプリーチニナ」と呼ばれる私的な親衛隊の助けを借り、彼は冷酷無慈悲にロシア国家を権力と人民に、仲間と敵人に分割し、両者の間に開いた穴は深い堀となった。〉現代に至るまで、このピラミッド構造は続いている。

西欧の自由主義は、国家を破滅させる。ピラミッドの頂点は、そう断じる。戦時中の日本を思い重ねます。個人主義、自由主義はおぞましい「悪」であると、当時子供であった私たちは教え込まれました。民を束ねて一つの方向に向かわせたいトップにとっては「個人の自由」は寸毫《すんごう》たりとも許されざる「悪」でした。

自国の負の部分を直視し綴るのは、どれほど辛いことか。ソローキン氏には、前衛的な創作という手段があります。

アンドレイ・ダニーロヴィチ・コミャーガは、自身が属する親衛隊を〈結合し、一体となり、外に向かって鋭い棘《とげ》を尖らせる〉鉄鎖の大輪、と、表現します。皇帝がこの大輪嵌め給うたことで、〈病み、腐り、ぼろぼろに〉なっていた我が国は立ち直り、傷の癒えた巨大な熊の咆吼を全世界に轟かせている、とコミャーガは思います。比喩である「鉄鎖」は、数々の仕事を終えた隊士たちがヤクでトリップし、菊門と玉茎を接続し毛虫みたいにのたくることで具象化されてしまいます。

先走りすぎたので前に戻ります。栄誉ある親衛隊士コミャーガは本日の仕事に着手します。八人の隊士とともに、定められた様式――「えんやさ！」とかけ声をかけたり、呪いの言葉を投げたり――に従って、反逆者と決めつけた貴族の館に押し入り、奥方をマワして乗りつぶす。〈奥さんとは愉快にやらないといけない。そういう決まりなのだ。〉マワされ乗りつぶされ、裸体を羊の毛皮外套にくるまれ、親類のもとに送り届けられる奥方は愉快とは正反対の状態です。貴族を吊して一仕事終わりますが、さらに幾つもの仕事がある。

訳者松下隆志氏の詳細なあとがきから、一節を引きます。

〈「親衛隊士の日」とは、波乱に満ちたロシアの歴史において一貫して存在しつづけてきた絶え間ない暴力を記念する日であり、しかもそれは平日——つまりは繰り返される日常——なのである。〉

この稿が掲載されるのは、二月の初旬です。年をまたぐ二ヵ月の間に、世界がどうなるのか、公にされるニュースのほかに何の知識もない私にはまるでわからない。親衛隊士の日々が続くのでしょうか。

独裁者の非情、親衛隊の暴戻《ぼうれい》を、正面から難詰し悲憤慷慨《ひふんこうがい》するのではなく極度に戯画化することで、本作はその実態をより強烈に曝しています。親衛隊士たちの狂躁は、彼らの深奥に鬱積した悲鳴ではないかとも思えます。

残虐で滑稽なのに一刷毛《ひとはけ》の哀愁をも感じさせるラストは、白い馬のイメージが鮮烈です。

086

『ボブロフスキー詩集』
ヨハネス・ボブロフスキー

『ボブロフスキー詩集』は、それぞれ二十篇以上の詩から成る「サルマチアの時」（神《こう》品《しな》芳夫訳）、「影の国　河たち」（田中謙司訳）をあわせた詩篇です。

「サルマチア」は、地図にはない地名です。詩人ボブロフスキーが「サルマチア」と呼ぶ地について、訳者神品芳夫氏が解説に記しておられます。〈ボブロフスキーの書斎にあった東ヨーロッパ地図に、彼は自分に縁の深い地域を線引きしている。これは彼が自分の詩で扱った土地の範囲を示したもので、これを彼の言うサルマチアと呼んでよさそうである。そしてその線引きから判断すると、彼の言うサルマチアとは、現在のポーランドの東部、バルト三国、ロシアの西部、ベラルーシ、ウクライナを包摂する地域だったことが知れる。〉

ヴィルナよ、カシの木なる
おまえ──
わたしの白樺なる
ノヴゴロドよ──

（「呼びかけ」より）

と、彼は呼びかけます。ヴィルナはリトアニアの首都、ノヴゴロドはかつてハンザ都市の一つとして交易で栄えたロシア北西部の古都です。

この地域の歴史的状況は他の稿でも記したように、強国によって分割されたり併合されたり、帰属が変動します。〈十九世紀後半以降は、ドイツとロシア（ソ連）の覇権争いに集約され、ナチ・ドイツによる全面的侵攻のあった第二次大戦の後、ドイツはこの地域から完全撤退することになる。〉（訳者解説）この撤退は、エカテリーナ女帝に招致されたりして移住し、代々住み着いていたドイツ人──とりわけ、子供たち──に大変な悲惨をもたらしました。詳述する紙数はないので省きますが、独りで、東欧の地から未知のドイツ本国まで徒歩で行かねばならない子供もいたことは、書き添えずにはいられません。

十三世紀。バルト海沿岸地域に古《いにしえ》から住む人々は、キリスト教の立場から言えば「異教徒」でした。彼らは樹々や泉にやどる神々を崇め、火の力を尊び、遺体は火葬にしていました。キリスト教は土葬でした。太陽の女神サウレは銅の車輪のついた馬車に乗り、天空の丘を馳せ巡り、夕暮れ、馬車を海の中に止めて馬を洗う。冬至、夏至には、それぞれ祭が行われる。聖域とされる山の聖火は神官に守られ、燃え続ける。

異教徒をキリスト教に改宗させることを使命としたドイツ騎士団がバルト海沿岸地域に武力侵攻し、異教徒側も激しく抗戦し、殺戮の応酬が繰り返され、住民は滅亡か改宗かの選択を迫られ、やがてプロイセンはドイツ騎士団領になります。

『図説　プロイセンの歴史』（セバスチャン・ハフナー）によれば、〈プロイセンの植民化の初めには、十年にわたり、恐ろしい大虐殺が行なわれた。これはほぼ絶滅とも言えるもので、後のヨーロッパからの移住者による北アメリカ先住民の絶滅に近い状況に比較できる。〉文明の点において、異教徒は劣っていた、とハフナーは記します。文明の進化は武器の性能の進化をもたらします。『北の十字軍』（山内進）によれば、頑強に抵抗するエストニア異教徒の砦を、キリスト教徒の軍隊は攻城機、投石機で攻めた。エストニア人は初めて見る武器で、対応できず、砦は落ちます――武器の開発はついに核兵器にまで達してしまった――。

神品芳夫氏による解説と、田中謙司氏による年譜を頼りに書き進めます。ヨハネス・ボブロフスキーは、一九一七年、東プロイセンの、川を挟んでリトアニアと隣接する地に生まれました。ＷＷＩの後期です。

ドイツ領の中核であったプロイセンは、ＷＷＩの敗戦で、ヴィスワ川の西はポーランド領、東はドイツの飛び地となります。ドイツ本国と飛び地である東プロイセンの通行の自由を認めろと要求し、ポーランドが拒絶したのが、ヒトラーがポーランドに侵攻する理由の一つになっています。

父親の勤務の関係でボブロフスキーの一家は幾つかの地に移り住み、十一歳の年、東プロイセンのケーニヒスベルクに移住します（この地は、現在はカリーニングラードの名前でロシアの飛び地となっています）。翌年、母方の祖母が住む村――東端の川を挟んで対岸のリトアニア領にある――に滞在し、その後毎年夏休みに訪れるようになります。川の流域の風景と〈ジプシーやユダヤ人たちとの出会いは、少年ボブロフスキーの心を強くとらえた。〉（年譜）

十七歳の時、ヒトラーがドイツの首相の座につき、以後、独裁権を持つようになる。大学で美術史の専攻を希望していたけれど、ナチ政権によって義務化された「帝国勤労奉仕隊」に入らねばならず、一九三九年、二十二歳の時にドイツのポーランド侵攻、WWⅡ開戦。ボブロフスキーは通信兵として軍務に就く。

一九四一年、対ソ攻撃が始まり、戦火に焼かれたノヴゴロドを彼は目にします。そうして四五年の敗戦。ソ連軍の捕虜となり、強制労働。三十二歳にしてようやく、東ベルリンに住む家族の元に帰還。学生の頃から詩作を試みていた彼は、本格的に詩を作り始め、発表します。

ドイツ騎士団に滅ぼされた先住の人々のために、彼はうたいます。

くすぶる神苑の、
燃え上がる家々の、踏み潰された
苗床の、朱に染まった河の
民よ――
焼けつく落雷の犠牲となった
民よ、
おまえの叫びは
火焔の雲につつまれていた――
異教の神の母の前で
のたうちまわって
倒れていく
民よ――

（「プルッセン悲歌」より）

086 『ボブロフスキー詩集』
ヨハネス・ボブロフスキー

キリスト教は、先住の人々からみれば異教です。異教の神の母は聖母マリアです。ドイツ人の侵攻を罪過とする苦い重みが、詩人の心の底にあります。そして彼は、古からのものがこの地から〈すっかり消え去ってしまう前に、もう一度それにふさわしい描き方で描く。〉と死後に発見された遺稿に記しています。

誰が、
平原の波打つ歌を
歌い継ぐのか、海辺まで
追い立てられた
平原の歌を――
海が歌うのだ、嵐のあとで、
平原の歌を――

(「サルマチア平原」より)

『サルマチアの時』の出版が決まったとき、彼は四十三歳。本になる前の原稿を、文士の集まるところで朗読します。厳しい評が投げられたそうです。「貴君の書く風景は現実に存在しない」「ドイツの現代文学は大都市の文学であるべきだ」「時代批判を書くべきだ」「月だの村だのという言葉は、今では役に立たない」。

彼の打ちのめされた様子を同席した詩人が記しています。

しかし、ボブロフスキーの作品は高く評価され、幾つかの賞を得、その後も詩や小説を発表し続けます。四十八歳で病死。

本書は一九九四年に邦訳刊行されました。ドイツという一つの国が、そうしてベルリンという一つの都市が、思想も行政組織も正反対の東と西に分断されていたという途方もない悲劇を思いながら、そうして現在の状況を思いながら、やさしさと洞察力を持ったボブロフスキーの詩を再読しています。

222

焚書類聚

皆川博子

ない。

司書ではなくなった。

海辺にいる。濡れた岩の頭は海豹《あざらし》に似る。海豹はいない。人魚もいない。北の海では

二年近く入院していた。正確に言えば、一年十一ヵ月と二十三日。病院は病人が静養できる場所ではなくなっていると、話には聞いていたけれど、まことにその通りであった。病に臥すのは悪いことなのだ。休養は、働く者がとるのであって、役に立たない病人がそれを望むのは、贅沢きわまりないとされている。しかし、死はもっと悪いことで、とにかく生かしておかねばならず、生きているからには社会に利をもたらすべきで

あり――折あるごとにそう教示され――、病人は絶えず己の存在価値について煩悶せねばならない仕組みであった。

行政が懸念するのは、生産性のない存在が病床を占め医療費を食うことで、排除の仕組みがさまざまに考案されるに至っていた。

何度か転院させられ、追い出されるように退院した。最後の病院――というよりは施設――は、どうにか躰は動く者たちが集団生活をさせられ、少しましな者がより重い者の世話をする仕組みで人手が足りないスタッフの手間を減らしていた。

肉体のあちらこちらを無機物で代替したから違和感があるが、慣れの問題だと医療スタッフに言いわたされた。

住まいの水道と電気を再開させる手続きは済ませていた。

病院食は、栄養を完全に補給できるというどろりとした液体と、繊維物をゼリー状にしたものであった。

退院後、住まいまでの帰途、近所のマーケットで食物を手に入れようとしたら、様変《さまが》わりしていた。面積は三分の一ほどに縮小され、覗いたところ、棚にあるのは缶詰ばかりだ。普通のマーケットはないのかとうろうろ探した。見当たらない。通行人の姿もない。小売店がない。マンションなのか事務所なのか、コンクリートの建物が並ぶだけだ。

真夏なのに、汗ばみもしない。ぎらぎらした陽射しは、熱を持たない。

道を間違えるはずはないのだが、メメクラゲに刺されて知らない町をさまよう気分だ。小洒落たカフェやレストランは以前からなかったが、蕎麦屋があったはずだ。はずだ……が、ない。

ようやく、建物の間の細い道から人が出てきたので、訊ねた。人が指さしたのは、さっきの缶詰の店だ。いろいろな種類の食料を売っている店と言いかけると、そんな店はない、知らない、と途中で遮り、そそくさと去った。

さまよい疲れ、体内各所の代替物がもたらす違和感が増大し、とりあえず食料は必要なので、缶詰屋を利用するほかはないと諦めた。奥の方に他の食料も置いてあるのかもしれない。

入り口にある奇妙な機械からカードを抜き取らないと入店できないと理解するまで少

し時間がかかった。

縮小された店の棚におかれているのは、すべて缶詰であった。野菜も果物も精肉も魚肉もその加工品もない。調味料も酒類もチョコレートもクッキーもその他の嗜好品もない。缶を手に取ろうとしたら、動かない。棚ごとに設置された機械のスロットに入り口で抜き取ったカードを入れてみた。ディスプレイに表示された種類を指定すると、その缶を取り出すことができた。カードが排出された。缶には産地の表示も製造会社の明記もない。ヴァニラ味とか、黒糖味とか、ローストチキン味、塩焼き秋刀魚味など、それに容量だろう２５０㎖と印刷されているだけだ。少し小型の缶があり、こちらは繊維ゼリーと表記されていた。

よほど怪訝な顔つきをしていたのか、店のスタッフらしい人が寄ってきた。行政が全部管理しているから、詳細に記載する必要はないのですよ。そんなことも知らないのか、という顔であった。店内にはその人ひとりだ。防犯カメラとおぼしいものが散見された。

外界から孤絶していた入院中に、急激な変化があったようだ。出口の傍の支払用機械のスロットにクレジットカードを入れようとすると、受け付けない。スタッフらしいさっきのが背中にへばりついて、キャッシュカードで払うのだと言った。銀行のですか？そうですよ。当たり前じゃないか、という顔だ。キャッシュカードは現金を引き出すためのもので、支払いには使えないでしょう。言い返したら、試してみろと言う。試した。するりと滑り込み、支払いの総額と、それを引き出した残額がディスプレイに表示され、下のスロットからカードが半分出た。引き抜くと数字は消えた。へばりついた奴が数字を見る暇は充分にあり、苦笑とも冷笑ともつかぬ表情を見せた。プライヴァシー皆無だ。入院中の費用は口座から自動的に引き落とされていた。残額はマイナスになる寸前だ。

缶詰以外の食料を扱う店はないのかと訊くと、さっきの人と同じ表情で、そんなものは存在しない、と言った。どこにも。

住まいに帰った。集合住宅の三階。外付けの階段を上った。ほぼ二年ぶりに、バッグの中の鍵を取り出した。閉めきりにしていた。どんなに酷くなっていることかと思ったが、埃臭くも黴臭くもなかった。木乃伊《ミイラ》のような部屋だ。

ベッドと書棚と事務机をおくだけで一杯の細長い部屋——一隅にサイズを極端に切り詰めた厨《くりや》と厠《かわや》、シャワー室がついている——に、独りで住んでいる。

部屋を間違えたか？　他人が住み着いたのか。

違和感をおぼえたのは、室内が広々としているためだ。書棚から溢れた本が床に幾つもの山を作り、どうにか歩けるだけのスペースを辛うじて確保していた……はずだ。

書棚も空だ。

空だ。板を組み合わせた棚は、欠伸している。

歩行を妨げるものは何一つ床にない。

疲れすぎていた。

カレー味とご飯味をそれぞれ別のマグカップに移し、事務机の前に腰掛け夕食を摂った。

缶詰の内容は病院食と同じだ。病院ではどこでもプラスティックの容器に入れたものが供されたから、缶詰とは思わなかったのだ。

退院したら新鮮な果物と切り落としでいいから肉と……と、楽しみにしていたのに。

各種の味を豊富に備え、栄養素は欠けるところがない、理想食だと、どの病院でも説明された。焼肉味は焼肉らしく、林檎味は林檎らしく、味付けがなされている。けれど違いは味だけで、成分はどれも同じなのだった。完全栄養。

舌触りの違い、噛みごたえ、などまで望むのは贅沢であるそうな。贅沢は敵だ、と声高に言われるようになったのはいつごろからだったか。

ご飯味の液体とは重湯みたいなもので、カレー味の液体をかけてもカレーライスにはならないのだが、病院食で慣れた。慣れざるを得なかったというべきだ。

どこに行ったら、まともな食事が摂れるのか。私の本たちはどうなったのか。

ずいぶん多くの生産者や加工技術者が職を失ったのではないか。空き缶を見ながら思った。失職者はすべて、この缶詰の生産にかかわる職を得たのだろうか。人口の急激な減少がかなり昔から憂えられていた。食関係を缶詰に統一することで、行政は人手不足を解消したのだろうか。

翌日、パン味の液体と繊維ゼリーの素っ気ない朝食をすませてから、勤務先であった公立図書館に向かった。二年間の休職届けを医師の診断書と共に提出してある。復職は保障されているはずであった。私の本たちはどうなったのか。知っているような気がするのだが。

いにしえ、旅人が繁く行き交う街道であったという道すじは、子供のころすでに裏小路にひとしかった。両側に並ぶ店舗は新旧入り混じり、その中に創業は文久何年とかいう秤屋《はかりや》があって、新型の計量器のみならず、分銅をもちいる古い天びん秤も、これは客の目を引くための飾りとして置かれ、幼いころは立ち止まって硝子戸越しに眺めていたのだが、あのとき手を引いてさっさと歩くよう促したのは誰だったろう。

その秤屋が火元で火事になり、裏一帯のしもた屋二十数軒が焼けた。焼け跡地は整備され小さい公園になり、一郭に二階建ての小さい図書館が建てられた。焼け崩れた家々のにおいは、いつまでも残っていた。建物だけではなく、焼け消えた暮しのにおいも含まれていた。

住まいと小学校を結ぶ道からさして離れていないので、下校の途中しばしば立ち寄った。道草はせず、先ず家に帰り宿題を済ませよと厳しく叱責したのは誰だったろう。開架の棚から抜き出した本を、窓際に設置された机で読み耽っていると、風の向きによって、汐のにおいがかすかに流れ入ることがあった。人魚の話を読んでいるとき風が海の消息を運べば、濡れた尾鰭が頰に触れた。旧街道は、ある地点で右折する。直進する細い枝道はゆるい下り坂になり、磯浜に続く。

電車通学するようになってからは、駅に向かう道が方角違いなので、図書館への足は遠のいた。町を離れ、都会の大学に在学中、司書の資格を取得し、卒業後地元のこの図書館に居場所を得た。住まいは消えていた。区画整理で立ち退かされたらしい。もしかしたら、最初から何もなく、誰もいなかったのかもしれない。

司書に採用されたときすでに、公園は雑草が生い茂り、二基置かれたベンチは塗装が剝げ木肌がささくれていた。勤務するようになってから長期休職するまでどれほどの歳月が経ったか。その間に、ベンチは藪枯らしに覆われ、小さい墳墓のようになったのだった。

それが、焼け崩れている。しぶとい藪枯らしはベンチとともども灰になったようだ。焦げた地面は浅い盆形にくぼんでいた。

建物の壁には火の走った痕はない。正面の扉が施錠されていた。休館日が変更になったのか。横手のスタッフ用出入り口にまわった。

お帰り、と同僚が言った。

内部は空虚で、古い紙のにおいだけがあった。

思い返せば、兆候はかなり以前から生じていた。新聞や週刊誌、雑誌はとうに形のないものに変えられ、書籍にもそれは波及し、入院の何年前だったろうか、大都市に残っていた最後の大型書店が消えた。あまり話題にならなかったのは、形のないものを読み取る装置が普及し、それを用いるのが当たり前になっていたからだ。

筆と墨から鉛筆、万年筆、ボールペンと筆記具は変化した。何よりも大きい変化は、筆記具を必要としなくなったことだ。文字は、〈書く〉のではなく〈打つ〉あるいは〈叩く〉になった。その頃から徐々に、書物は形のないものに取って代わられてきた。草の茂みの間に見え隠れする細流《ささなが》れのようであった〈形のないもの〉は、奔流となり、大河となり、形を持った書物は茂みの其処此処に僅く残る水溜まりに似た。

古書店と図書館は残っていたので、さして不自由はおぼえなかった。

最後の大型書店が消えたころ、同僚は〈形のないもの〉を読み取る装置を入手した。

起動させるところを横で眺めていた。

説明書――これは文字を紙に印刷したものだ――を読みながら、同僚は、装置に触れた。一連の指の動きは、秘儀のように見えた。これまでに見たことのない奇妙な記号が並んだ。

何かを受諾すると宣誓し登録する必要があるのだと、同僚は言った。その「何か」が何なのか不明なのだが、受諾、宣誓、登録の手順を踏まないかぎり、記号は文字に置換されないのだと、説明書を読みながら同僚は言ったのだった。

変化は、いつとはなく進む。気づいたときは、本、書物、書籍、を読むことはおろか所持していることさえ、何か後ろめたさをおぼえる世情になっていた。

資源が乏しい。手漉きの和紙が途絶えたのは、楮《こうぞ》が絶滅したからで、技術を身につけた者もいなくなった。洋紙とて、原材料は国内産だけでは不足し輸入に頼らねばならず、高額だ。国の財政を立て直すためには、輸入をあたうかぎり減らさねばならない。紙は贅沢だ。

国税、地方税、さらにさまざまな名目で徴される金額を合算すると、毟り取られる総額はわずかな収入を超える。

倹約せよ。〈形のないもの〉は、電力を要するが、わずかな額だ。電力は近隣の国から安価で供給を受けている。電力を使え。紙は樹木を滅ぼす。紙は贅沢だ。思い出した。贅沢は敵だ、は、このころから言い広められてきたのだった。

同僚は、あるとき、言った。読み取り装置を使うようになってどのくらい経ってからだったか。おかしい。同じ作なのに、初読と再読では異なる部分があった。

削除。加筆。作者による改稿？

検閲……というか、個の作者はいなくなったのではないかと思う。最近の〈形のないもの〉においては。そう、同僚は言ったのだった。

入院前に、すでにそういう状況になっていた。

しかし、わずか二年の間に、どうして図書館が空虚になってしまったのか。

疑問に同僚は答えた。本、書物、書籍の作成も所持も禁止された。法令により。

所持も？

所持も。

いっさい？

いっさい。

ブラッドベリのフィクション？


隣の家にある本は弾を込めたピストルだ。

焼いてしまえ。ピストルの弾を抜くんだ。

人間の精神を支配せよ。


レイ・ブラッドベリ『華氏四五一度』（一九五三年）

フィクションが現実になった。形のあるものは、国会図書館だけが蔵している。けれど、一般人は閲覧禁止だ。

司書の資格を持っている。司書は閲覧できる？

司書は、国会図書館の職員だけだ。他の図書館はすべて閉鎖、蔵書は焼却だから、司書はいない。

病院では、代替物を入れた部分の筋力強化に時間のほとんどを潰され、その合間は疲労しきってぼんやりしていた。知らないうちに、関節を逆に折り曲げるみたいに、外界が変わっていた。

学徒兵として市ヶ谷参謀本部に勤務中、病を発し、病院で昏睡状態にあり、醒めて、敗戦を知らされたという作家を思い出した。

書物の所持禁止。消えた私の本たち。

一九三三年

〈大統領令「民族と国家防衛のための緊急令」で、国家は法的手続きによらず逮捕・拘禁できる権限を手に入れた。〉（フェルナンド・バエス『書物の破壊の世界史』八重樫克彦＋八重樫由貴子訳・四四四ページ）

机上を、影が動いた。窓から射す陽光を飛ぶ鳥がよぎったのだ。机上にはカッターと、ああ、白い紙が、整然と置かれていた。文字が記してなければ、書物でなければ、紙の所持は許されるのね。この図書館の蔵書、全部燃やした？

　そう。

　誰も抗議しなかった？

抗議すれば逮捕される。これまで、無罪の判決ゼロ。行政側は、法に護られ、正当に暴力を行使できる。ときに武力も。

同年五月五日

〈ケルン大学の学生らが図書館に押し入り、ユダヤ系作家の作品をすべて取り除き、その後燃やした。（略）大学や小・中・高校においては教師たちが、国の浄化という信念を生徒に植えつけることに多大な貢献をした。〉（同書・四四七ページ）

　破壊ほど人を昂揚させる行為はない。無意味な破壊であればあるほど。

同年五月一〇日

〈ドイツ国内の各地でほぼ同時に本が燃やされたのだった。〉（同書・四五〇ページ）

以降、連日のように、押収された書物が各地で盛大に焼かれる。

学問を捨てれば憂いはなくなる。

老子『老子道徳経』

先に世論を形成し、反対者が微力と見極めた上で、法制化した？

そうだね。

他人事《ひとごと》のように冷たい。

他人事だ。同僚は言った。

司書ではなくなった。

海辺にいる。

濡れた岩と濡れた岩の間の濡れた砂地に、指先で文字を書く。指は自ずと動く。指先が作る窪みの縁が細く盛り上がる。消す。

汀に屈み、指を洗う。返り血は溶ける。

引き汐のとき置き去られた海藻が岩角にかかっている。食べられる種類ではないけれど、千切って口に入れた。

私は、思い出した。二年前。同僚が私の住まいにきた。所持している書物を、焼却せよと勧告にきたのだった。私は拒んだ。その争いに、ジェンダーの違うものにありがちな不愉快な行動が混じり込んだ。拒み抜き、窓から落ちたのは、はずみか、彼が故意に突き落としたのか。

一九三三年

〈すでに親衛隊（SS）、突撃隊（SA）、ゲシュタポ（国家秘密警察）が大々的な焚書キャンペーンを展開していた。彼らによる威嚇活動は当初、個人が自ら本を焼却するのを強

要するものだった。〉（同書・四四五ページ）

地面に叩きつけられる前に、二階の出窓の手摺か何かをいったん摑んだ。複雑骨折だけで済んだのは、そのためか。

故意？　はずみ？　どちらでも変わりはない。同僚が、形ある〈書物〉を焼き尽くす側に身をおいたのは明白な事実だ。

誰が救急車を呼んだのだろう。誰が入院手続きなどをしてくれたのだろう。私の部屋の鍵を、誰がかけたのだろう。窓から落ちたのは自殺未遂ということになっている。

私の本たちを焼いたのは、焼き尽くしたのは、あなた。

俺ではない。同僚は言った。俺は、隠匿された書物があると当局に報告しただけだ。

当局。曖昧で便利な名称。

知りながら報告しなければ、罪に問われる。

〈形のないもの〉は、為政者の意思によって内容をさだめられ、為政者の意のままに変更できるものであることを知り、なおかつ、そちらに身をおいた。そうね。

君が罪に問われることのないよう、万全の配慮をしたのだ。感謝せよ。
机上にあるものを握り、全身の重みを彼の胸にあずけた。彼の生死は知らない。
海辺にいる。水に足を浸す。一足ごとに海が躰の中にしみとおる。私の中にある文字は、言葉は、海と一つになる。

夏の樹にひかりのごとく鳥ぞ啼く
呼吸《いき》あるものは死ねよとぞ啼く
——若山牧水——

222

333

針

皆川博子

芒《すすき》の原に立っていたら、子供が数人寄ってきて、お化け？　と訊いた。うなずくと、嬉しそうに、おれたちもと言った。空の裾が明るんだので帰ることにしたが、子供たちは陽を受けながら遊んでいる。消え方を知らないのだろう。人間の子供でいるほうが楽しくなった狐の仔か。

わたしがサンルームの籐椅子に身をあずけている。硝子戸の向こうには、数日前の強風で倒壊しその下の池に半ば沈んだ藤棚が、そのまま放置されている。

さらに何日前であったか、凶変の予告であるかのように、藤の実が盛んにはじけ飛んだ。奢りと気品のある花房が朽ちて藤豆となった色合いは、復員兵のよれよれの服みたいでなにやら惨めなのだが、裂帛《れっぱく》の気合いをこめてはじけていた。寺田寅彦の藤豆の炸裂を綴った随筆を思い出したのだった。障子の硝子に音を立ててぶつかるさまを、物理学者の寺田寅彦は、秒速十メートルと推算している。我が家にあっては例年、穏やかに萎え、枯れ落ち、騒々しく飛び跳ねることはなかったのだが、数日前は、いっせいにはじけた。続く崩壊を予知したのか。

わたしはサンルームの籐椅子に凭れている。

〈その姿はまるで本当に死んだのは自分ではなくて、時間なのだと語りかけているように思われた。〉

フリオ・リャマサーレス『黄色い雨』木村榮一訳

時間は死なない。死んだのはわたし。《わたし》は時間で形成されている。戦前を生き戦争を生き戦後を生き、さらに長い戦後を生き、この夏ふたたび為政者、メディアの指向が戦前戦中と重なるのを知った。新聞をとるのをやめテレビも見なくなって久しいが、ネットのニュースの見出しに五輪の感動、感激がつらなるのは目に入らざるを得ない。ささやかな振る舞いが扱いによって壮大な美談になる。軍国の母美談、一太郎やあい。敵弾が命中した喇叭手木口小平は　シンデモ　ラッパヲ　クチカラ　ハナシマセンデシタ。まだ沈まずや　定遠は。道端で親子がアスリートたちに応援の旗を振っていた。宿所の食事が美味であった。皆があたたかく迎えてくれた、などなど、それはよいことだろうけれど、大感激！　日本は素晴らしい！　と最大級の賛辞が列記され、自宅療養を強いられた罹患者の苦難を伝える記事は、その間《かん》、乏しかった。

聖母像ばかりならべてある美術館の出口につづく火薬庫

塚本邦雄

五輪終了を待ち構えたように罹患者の数が爆増した。これをしも五輪の成功、疫病に対する勝利の証しと為政者は自讃するのか。南京陥落の際、小学生は図画の授業で小さい紙の日の丸を作らされ、わけもわからず旗行列をさせられた。パラリンピックは無観客でも子供を動員し観戦させるという。感想はいっせいに、感動した！　になるのだろう。嫗《おうな》の歯ぎしりは煮豆のそれで、ただ潰れる。

幼いころ、母方の大伯父の家に、数度、母に伴われた。大伯父は海運会社の大株主であり、三男が外国航路の商船の船長をしていた。そのゆえか珍しい異国の消息を伝えるものがそこここにあった。

邸宅の作りが当時としては珍しい洋風を主体としたものだった。多くの家は黒瓦の日本建築であったし、外観は洋風でも中は二間続きの和室に縁側、玄関脇にとってつけたように狭い応接間が突き出していた。洋間のフローリングに絨緞を敷きソファを据え、南面は床を一段低くして模様入りのタイルを貼り三方が硝子戸のサンルームと呼ばれる部分、茶の間のかわりにこれも洋風のダイニング・ルームがつづく大伯父の家は、子供の目にはたいそう珍しく魅力があった。八十数年昔の話だ。大伯父の邸宅は空襲で焼失した。六十年ほど前、両親が相次いで没し、戦前なら兄がすべてを相続するところだが、戦後の法改正のおかげで幾分かの動産が分与された。まだ地価は高騰していなかったので、私鉄が開発した新興の地の分譲地にささやかな住まいを持った。女の独り居は異様なものと周囲には映った。

子供のころ、職人の仕事を見るのが好きだった。しばしば目にするのは、大工と左官、畳屋であった。

新しい板を低い台に平に据え、墨壺から引き出した糸を張り、ぴんと弾《はじ》く。板に直線が黒く残る。それだけのことなのに、子供の目には秘儀のように見えた。板も鋸も鑿《のみ》も釘も形はすべて直線なので、曲線で作られた墨壺の形が目を惹いた。やや斜めに立てかけた板の上端に鉋をあて、一気に引きおろす。その動作がきびきびと美しく、刃の間から伸びる鉋屑は透きとおるほど薄く渦を巻き、木目が不思議な模様を見せ、何の役にも立たないのを貴重なもののように、そっと拾い集めるのだった。左官はよく道端に畳一枚分より少し小さいくらいの浅い箱を置き、苆《すさ》を混ぜた壁土を入れ、捏ねていた。

新建材の家は、工場で大量生産された板や柱を現場で組み立てるだけだから、大工の技は見られず、壁は二枚の板の間に断熱材を詰めたものなので左官も不要であった。

大伯父の邸宅をまね、タイル貼りのサンルームのある洋間を中心にしたが、かつての旧家のような風格を持たない。

藤棚の下の小さい池は、大伯父の家にはなかったもので、わたしの好みによる。時たま、躰を脱いで水に入る。逆立つ藤波と空を抜けて、底知れぬ深みを彷徨する。

籐椅子に身をゆだねたわたしの前に円盤形のガラスを天板とし籐の脚三本を組んで支えたテーブルがある。卓上に日記帳の白い頁が開かれている。書き記すつもりだったのか。仕事の原稿はパソコンにキーボードで打ち込むが、日記は万年筆でつづる。

かたわらに読みさしの本。五糎《センチ》ぐらいの厚みのある絵入りの本で、ぼっとりとした手触りの紙に異国の文字が刻されている。大伯父の、外国航路の商船船長だった三男――ツトムという名だった。勉か努か、どういう字を書くのかは知らない――が土産にくれたものだった。婚約者がいて、そのひとはトムさんと呼んでいた。八十年の余を閲《けみ》して背は日焼けして破れ、小口の色は変わり、しみもある。鉛筆の書き込みは、辞書をひきながら記した訳語だ。英語が敵性語として排除されるよりずっと前の時期だった。小学生でも使える大きい字で絵入りの英和辞書は、トムさんが丸善で選んでくれたもので、そのときは婚約者のアサミさんも一緒だった。

アサミさんは華やかな声で、よく歌を教えてくれた。

My Bonnie lies over the ocean,
My Bonnie lies over the sea.
My Bonnie lies over the ocean,
Oh, bring back my Bonnie to me.

トムさんの二人の兄はそれぞれ結婚し子供もいて、長男は家族ぐるみ大伯父と同居し、次男一家は大伯父の持ち地所に家を建て、住んでいた。トムさんは航海を終え帰国すると、次の出航までしばらく家にいる。婚約したのはその時期で、アサミさんは始終遊びにきた。トムさんが外出中でも長男の夫人と談笑していた。母に連れられなくても一人で大伯父の家に遊びに行くようになり、それはアサミさんと長男夫人に会いたいからで、生家から子供の足で二十分ぐらいの距離であった。大伯父の夫人の姿を見ることがないのは、没していたのだろう。家政は貫禄のある女中頭が二人の若い女中に指図して切り盛りしていた。そのときは、女中たちがどれほど辛い仕事を強いられるかを知らず、底の泥土を知らず、上澄みの中のみで日を送っていた。

長男の夫人はいつも少し悲しそうな顔をしている人で、笑顔も悲しげに見えた。アサミさんはお姉様と呼んでいた。わたしもおねえさまと呼んだら、二人は笑って、ヤスコおばさまとお呼びすればいいのよとアサミさんが教えた。ヤスコおばさまは笑い声も短調なのだった。

トムさんがくれたのは童話の本で、ページごとに入っている挿し絵が日本の絵本みたいにわざと子供っぽくしてないのが気に入っていた。パラグラフの最初の文字は四角い囲みの中で絵と絡み合っていた。ビアズリーにつらなる装飾的な画風であった。
ヤスコおばさまは白地に薔薇を描いたカップに同じ模様のポットで紅茶を淹れた。楕円形のテーブルで紅茶を飲みながらたどたどしく音読すると、アサミさんとヤスコおばさまは、お喋りしながら、二人がかりで発音をなおしてくれた。わたしはそのとき、幸福という言葉の意味を躰の中で感じていたと思う。ほんの上澄みに棲息する幸福であったにしても。

この道を行ったのは七つの時だった。
何もないのに　豊かだった！
ホフマンスタール「夜の道」川村二郎訳

十一羽の白鳥の話を読みながら、少し泣いた。十一番目の王子だけ、妹の編むイラクサの服が間に合わなくて片腕は白鳥の翼のままであった。両翼をひろげて飛翔する白鳥たちの絵は美しく、それが片翼だけになってしまうのが、その絵はないのだけれど想像するとなんだか悲しかったのだが、うまく説明できなかった。

ヤスコおばさまは戸棚の抽斗からスケッチブックとケース入りの色鉛筆を取り出した。アサミさんが王子さまの絵を描いた。片腕の代わりに全身を覆うほどにひろがった翼はたいそう優美で力強かった。

　ただいま、という声がして、女学校の制服を着て手提げ鞄を持ったひとが入ってきた。食卓の上の本や画材を見ると、表情が硬くなった。立ち止まったのは短い間で、すぐに去り、階段を上っていく足音が聞こえた。その後のことはおぼえていない。何も起きなかったのかもしれない。遠い日の記憶は切れ切れで、つづり合わせても一枚のタペストリーにはならない。一つ思い出した。ヤスコおばさまが階段の下で名前を呼びかけ、お弁当箱をだしておいて、と言ったのだった。その名前もおぼえていない。わたしの本、とそのひとは言ったような気がする。トムさんがそのひとにも同じ本を土産にくれていたのかもしれない。自分の本が勝手に持ち出されたと誤解して不機嫌になったのかもしれない。少し後でそう思ったような気がする。

　太平洋での戦争が始まり、外国航路は閉ざされ、トムさんは輸送船に乗るようになった。軍人としてか民間人のままか知らない。航海に出る直前にアサミさんと結婚式を挙げた。アサミさんは、トムさんが帰ってくるまで、ということで大伯父の家に同居した。Bonnie を Tommy に変えて、アサミさんと一緒に歌った。トミーは遠い海の果て。わたしに返して。わたしのトミーを。ヤスコおばさまもときどき一緒に歌った。長男とヤスコおばさまの娘である女学生とは、あの一瞬をのぞいてその後一度も顔を合わせることはなかった。

女学校を目指しての受験勉強が大変になり、大伯父の家に行くことはなくなった。それなのに、あの女学生が縊死したと知っているのは、母が誰か親戚の人と話しているのを聞いたからだ。

トムさんの輸送船が魚雷の攻撃を受け沈んだという話も、母たちが話しているので知った。

かれらは死んだ人々の魂をとつて
自分らの胸にピンで留めて装飾《かざり》にした。

エーミ・ロオエル「談話」西條八十訳

大臣大将の胸先に　ピカピカ光るは何ですえ

金鵄勲章か　違ひます　可愛い兵士のしやれかうべ

添田唖蝉坊「社会党ラッパ節」

アサミさんは再婚したそうだ。Bring back, bring back, Oh, bring back my Tommy to me, to me!

敗戦の後、英文科に進んだのは、外国の童話を翻訳する人になりたいと思ったからだ。そのころはまだ健在だった両親は女子大に行くと結婚が遅れると渋った。

この道をまた行ったのは十七の時だった。

いよいよ一人ぼっちだった。

ホフマンスタール「夜の道」川村二郎訳

父のほうがいくらか寛大で許可が出た。戦前であれば否応なしにお見合いを強いられ結婚にまで追いつめられるのだが、戦後の「民主主義」を、内容も理解できないまま、親の押しつけはよくないということだろうと父は思ったらしい。嫁に行かない小姑が同居していては兄の結婚に差し障ると、母はかなり強硬であったが、なんとか切り抜けた。兄は結婚し、義姉は双子の女の子を生んだ。重宝な家事労働力と、わたしはみなさ